nohan.farlander

Maske der Finsternis

Der Vampir von Venedig

Bibliografische Information der Deutschen Nationalbibliothek:
Die Deutsche Nationalbibliothek verzeichnet diese Publikation in der Deutschen
Nationalbibliografie. Detaillierte bibliografische Daten sind im Internet über
http://www.d-nb.de abrufbar.
ISBN 978-3-85022-214-3

Alle Rechte der Verbreitung, auch durch Film, Funk und Fernsehen, fotomechanische Wiedergabe, Tonträger, elektronische Datenträger und auszugsweisen Nachdruck, sind vorbehalten.

© 2008 novum Verlag GmbH, Neckenmarkt · Wien · München
Lektorat: Mag. Sandra Zoglauer

Gedruckt in der Europäischen Union auf umweltfreundlichem, chlor- und säurefrei gebleichtem Papier.

www.novumverlag.com

Inhalt

Vorwort 7
In den Gassen von Venedig 9
Im Büro 16
Maskenball 23
Rendezvous am Bahnhof 30
Zusammenkunft im Schloss 37
Ein ähnlicher Fall 48
Unser Mann in Venedig 55
Palazzo 62
Campanile 72
Die üblichen Verdächtigen 80
San Michele 86
Die Maske der Finsternis 94
Die tote Insel 103
Elisa Fontei 113
Der Kuss der Baronin 124
Die Falle 131
Begegnung in der Gruft 140
Abschiede 149

Vorwort

Venedig zur Zeit des Karnevals: eine Inspiration für ein weiteres Buch. Für neue Leser werden die handelnden Personen wieder kurz eingeführt, jedoch nicht mehr so direkt und detailliert wie in den vorangegangenen Büchern. Die in Italien spielenden Handlungsteile werden zur leichteren Lesbarkeit in synchronisierter Fassung wiedergegeben, zumal auch mein Italienisch für eine sprachlich authentische Originalfassung leider nicht ausreicht. Eingestreute italienische Textbrocken mögen nur als Auflockerung verstanden sein.

Vom Handlungsfaden her schließt dieses Buch lose an die im Oktober 2003 verfasste Abenteuergeschichte *Engel der Dunkelheit* an. Ebenso finden sich immer wieder Andeutungen auf und Personen aus früheren Büchern, trotzdem hoffe ich, auch im vorliegenden, sechsten Buch wieder ein spannendes und durchschaubares Abenteuer niedergeschrieben zu haben.

Kritiker mögen mir nachsehen, dass, trotz meiner Kenntnisse über Venedig, nicht alles der korrekten Realität entspricht und einiges, gemäß meiner Fantasie, frei erfunden ist, denn:

Jenseits der Realität existiert eine zweite Wahrheit.

In den Gassen von Venedig

Venezia! Um wie viel klangvoller ist doch dieser italienische Name als das simple Venedig unserer Sprache, das vielfach auch noch als „Venedich" schlampig ausgesprochen und phonetisch verunstaltet wird! Venezia also, welch zauberhafte Stadt – jetzt, zur Zeit des Karnevals!

Wenn man einen Kenner befragt, zu welcher Jahreszeit man am besten diese Stadt besucht, wird man zur Antwort bekommen: von November bis Februar. Begehrt man nun noch mehr Details, wird diese Information durch die Angabe der Uhrzeit ergänzt: zwischen zweiundzwanzig Uhr abends und fünf Uhr früh! In den Gässchen und engen Kanälen, wo sich die matten Laternen wie hüpfende Glühwürmchen in den schwarz und gemächlich glucksenden Gewässern spiegeln, herrscht dann eine der dichtesten und seltsamsten Stimmungen, die man je erlebt hat. Manchmal durch diffuse, nebelige Schleier verhüllt, dann wieder stechend klar der Winterkälte trotzend. Jeden Augenblick meint man, wenn man auf den engen Wegen neben den Rios – wie die Seitenkanäle Venedigs genannt werden – entlanggeht, es müsste eine finstere Gestalt auftauchen, um einen zu Tode zu erschrecken. Und geht man durch so manche niedere Arkade, wäre niemand erstaunt, stünde plötzlich der leibhaftige Tod in Gestalt eines kleinen, hässlichen und in einen blutroten Kapuzenumhang gekleideten Männchens vor einem. Man glaubte zuerst ein Kind zu sehen, um dann in eine faltige Fratze zu blicken; dächte von Dunkelheit umfangen lautlos in das eisige Wasser zu fallen und im fauligen Grund des Canale zu versinken … Nein. Selten jedoch dringt ein Laut an unser Ohr. Vielleicht das Trippeln schneller Schritte aus irgendeiner entfernten Gasse, leises Gemurmel oder Lachen aus einer schummrigen Trattoria.

❈ ❈ ❈

Eine junge Frau mit kurzen, brünetten Haaren war in dieser Februarnacht noch unterwegs. Die Masken des Tages hatten sich bereits zurückgezogen, nur selten waren noch Menschen in den Gässchen zwischen San Marco und Ponte di Rialto auf den Beinen.

Sie war eine mittelgroße und schlanke Person, trug enge Jeans und hochhackige, moderne Stiefeletten, deren Absätze auf den großen Pflastersteinen des schmalen Gehweges entlang eines Kanals laut klopfend zwischen den hohen Häusern hallten. Den dick gefütterten, cremefarbenen Anorak presste sie mit vor der Brust zusammengefalteten Armen an ihren Oberkörper. Das Kinn versuchte sie unter dem hohen Kragen vor der Kälte zu schützen.

Lautlos, und ohne dass sie es bemerkte, folgte ihr seit der letzten Arkade eine dunkle Gestalt. Hätte die Frau sich umgesehen, würde sie eine männliche Gestalt in einem schwarzen Cape erblickt haben, elegant, doch schwarz wie die Nacht bekleidet. Im Gesicht trug er eine halbseitige, weiße Maske, die ihm das Aussehen des Phantoms der Oper aus Andrew Lloyd Webbers gleichnamigem Musical verlieh.

Plötzlich, wie aus dem Nichts, stand er nun vor ihr. Die vor Schreck erstarrte junge Frau sah in zwei, nein, nicht dunkle, sondern rötlich glimmende Augen. Voll Angst und doch seltsam fasziniert schien sie zu keiner Bewegung fähig, als er schwebenden Schrittes auf sie zukam.

Die uns unbekannte Frau erblickte ein unter der halben Maske nur unzureichend verstecktes attraktives männliches

Gesicht. Seine schwarzen Haare klebten pomadisiert zurückgekämmt an seinem Kopf. Als er nun ganz nah vor ihr stand, liefen wohlige Schauer über ihren Rücken und von Sprachlosigkeit umnebelt merkte sie nur undeutlich, dass in seinem halb geöffneten Mund lange, spitze Eckzähne zum Vorschein kamen. Die hübsche junge Frau stöhnte, als er sein Gebiss in ihrem glatten, makellosen Hals versenkte. Zwei dünne Ströme Blut flossen langsam in den Kragen ihres Anoraks.

Ihr Bewusstsein schwand und der Vampir ernährte sich von ihrem roten Lebenssaft, bis alle Kraft aus ihr gewichen war. Die Knie gaben nach und ihr Oberkörper folgte der Schwerkraft, welche den schönen, aber nun leblosen Körper in das eisige Wasser des Kanals zog.

Der elegante Vampir stand an der Bordsteinkante und ohne jede Regung sah er der mit der sanften Strömung davontreibenden Gestalt nach. Mit unmerklichem Zungenschlag leckte er seine Lippen, warf mit schwungvoller Handbewegung den Umhang über seine linke Schulter und verschwand in der Dunkelheit.

※※※

Die Sirenen des durch die schmalen Kanäle preschenden Bootes der Carabinieri heulten durch die Häuserschluchten des noch im morgendlichen Tiefschlaf liegenden Venedigs. Klatschend schlugen die Wellen an die mit Moos bewachsenen Ziegelmauern. Die Beamten auf dem Boot konnten in etwa dreihundert Metern Entfernung schon den Menschenauflauf erkennen, der sich trotz der frühen Uhrzeit bereits gebildet hatte.

Am Ufer lag die Leiche einer jungen Frau. Lieferanten, die aus Mestre mit Booten kommend die Geschäfte hier belieferten, hatten den leblosen Körper gefunden und aus dem Wasser gezerrt. Aufgeregtes Stimmengewirr, typisch italienischem Geschnatter gleich, durchbrach die hier ansonsten herrschende morgendliche Stille.

Als das Polizeiboot anhielt, platschte das aufgewühlte Wasser des schmalen Kanals gegen die Ufermauer, auf der zwischen dem Kanal und den Häusern ein breiter Gehsteig verlief. In einigen Metern Entfernung verband eine für Venedig so typische Bogenbrücke den Weg mit dem gegenüberliegenden Ufer, wo eine schmale Gasse gleich einer Schlucht zwischen den mehrstöckigen Häusern klaffte.

Auf der Brücke selbst drängten sich ebenfalls Dutzende Schaulustige, durch die sich eine junge, energisch wirkende Frau ihren Weg zu bahnen versuchte, während ein eleganter, grau melierter Herr mit kurz rasiertem Vollbart – begleitet von zwei pompös uniformierten Carabinieri – aus dem Boot kletterte. Vor ihnen lag auf den großen Pflastersteinen der mit einem weißen Tuch verhüllte Körper der jungen Frau.

„Ihr Name ist Mariella Connelucci, Commissario", erstattete einer der bereits am Fundort anwesenden Uniformierten Bericht. „Sie wurde gestern Abend zuletzt gesehen. War bis etwa zehn Uhr mit Freunden in der Trattoria *Cavallo Bianco*."

„Hm", summte der elegante Kommissar, ohne sonst etwas zu sagen.

Die energische Frau hatte sich inzwischen durch die Umstehenden hindurchgedrängt, beugte sich kommentarlos zur Leiche hinab und zog das Tuch beiseite.

„Und wer sind Sie?", fragte der Commissario mit ruhiger, brummiger Stimme.

„Verzeihung! Mein Name ist Annabella Rascale. Ich arbeite in der Rechtsabteilung des *Istituto medicina legale* und bin im Auftrag von Dottore Luigi Bufoni hier."

„Forensisches Institut von Mestre", gab sich der elegante Commissario informiert. „Mein Name ist Armando Tonelli. Freut mich, mit jungen Leuten zu arbeiten."

Signorina Rascale gab ihm wortlos die Hand, machte aber einen skeptischen, fast säuerlichen Gesichtsausdruck.

„Was sagen *Sie* dazu?", fragte Tonelli ungerührt.

Annabella betrachtete die vor ihr liegende Tote. Mariella schien zu schlafen, doch ihre Haut war um vieles bleicher als bei Wasserleichen üblich. Das Gesicht war nicht eingefallen, doch wirkte es ausgezehrt und erschöpft.

„Wie lange hat sie im Wasser gelegen?", wollte die junge Polizeijuristin wissen.

„Höchstens sechs oder sieben Stunden. Sie wurde gestern Abend noch lebend gesehen", beeilte sich einer der jungen Polizisten am Tatort die hübsche Frau zu beeindrucken, was sie aber bloß mit einem geringschätzigen Blick quittierte.

„Seltsam", flüsterte Annabella und sah Tonelli fragend an, „warum ist sie so bleich, wenn sie erst so kurz im Wasser gelegen hat?"

„Keine Ahnung!", spielte der erfahrene Polizist den Unwissenden. „Was schlagen Sie vor, Frau Rascale?"

„Lassen Sie die Leiche in die Gerichtsmedizin in Mestre bringen!", gab sie dem jungen Carabinieri von zuvor strenge Anweisung.

„Si, Signora!", antwortete dieser dienstbeflissen und salutierte.

„Fahren Sie mich mit dem Boot zum Piazzale Roma, Commissario Tonelli?", säuselte Annabella nun sehr verführerisch. „Von dort nehme ich den Bus nach Mestre."

Der Graumelierte sah sie mit hochgezogener Augenbraue an, wohl erkennend, dass nun wieder die Waffen einer Frau zum Einsatz kamen.

„Natürlich!", schmunzelte er und half ihr mit galanter Handbewegung ins Boot.

***

Im noch jungen Monat Februar dauerten jetzt die Tage schon ein wenig länger, dennoch konnten sie mich nicht über meine Winterdepression hinweg täuschen. Schnee lag auf den notdürftig geräumten Wegen und in den Gärten. Die Straßen trieften vor braunem Matsch, vermischt mit salziger Brühe und Streusplitt.

Mürrisch schloss ich das Garagentor von innen und begab mich ins gut geheizte Haus, wo mich meine Partnerin Petra schon sehnsüchtig erwartete. Fürsorglich nahm sie mir den Mantel ab und drängte mich ins Wohnzimmer, wo auf dem Tisch schon der herrlich duftende Nachmittagskaffee stand. Sie hatte im Moment scheinbar ihre kommunikative Phase und quatschte mir die Ohren voll. Als verständnisvoller Partner hörte ich jedoch geduldig zu.

„Wieso hast du eigentlich mich genommen, ich war damals so …", dabei rollte Petra fragend die Augen, während sie den Kopf wiegte und die zarten Finger ihrer rechten Hand aneinander rieb, „… so unscheinbar."

„Jede Frau ist attraktiv", warf ich beiläufig ein, „man muss sie nur von der richtigen Seite betrachten."

„Und wohin hast du bei mir zuallererst hingesehen?"

Die Frage klang vorwurfsvoll und Petra sah mich mit leicht zugekniffenen Augen an, was ungefähr so zu interpretieren war: „Pass auf, was du jetzt sagst!"

„In dein Gesicht", antwortete ich trocken.

„Ach nein", gab sie sich entrüstet, „welcher Mann sieht einer Frau zuerst ins Gesicht?"

„Ich!" Und mit einem gespielt ahnungslosen Unterton fügte ich hinzu: „Wohin soll man denn sonst schauen?"

Meine Liebste verzog das Gesicht zu einem Schnoferl, wie es bei uns in Österreich so schön bösartig und zugleich liebevoll heißt.

„Meinst du, ich sollte arbeiten gehen?"

Wieder so eine Frage, aus welcher der Subtext penetrant herausquoll. Was sollte ich ihr darauf erwidern? Seit Petra mit einer gewissen Ilona aus der Nachbarschaft bekannt war, hatte sie sich deren weiblich verworrene Ausdrucksweise angewöhnt und ich wusste in letzter Zeit kaum, was ich auf derartige Fragen zur Antwort geben sollte. Zum Glück erlöste mich meine zarte Geliebte selbst aus meiner männlichen Sprachlosigkeit: „Gerhart hat mich heute Vormittag angerufen und mir einen Job im Büro von Doktor Ewyta Salsky angeboten. Du kannst den Mund wieder zumachen!", fügte sie keck hinzu, denn ich stand offenbar noch immer völlig im Abseits.

Gerhart hatte mir gegenüber kein Wort erwähnt.

„Er hat mir noch nicht genau gesagt, worum es geht", sprudelten die Worte voll Begeisterung aus ihr heraus, „aber ich sagte spontan zu!"

Petra, diese zarte Frau mit den schulterlangen, brünetten und leicht gewellten Haaren, feierte in diesem Jahr ihren dreißigsten Geburtstag. Sie war somit deutlich jünger als ich, an Körpergröße kleiner und von schlanker, wohlproportionierter Figur, mit ein wenig unscheinbaren, jedoch bei näherem Hinsehen recht hübschen Gesichtszügen. Ihr Antlitz war schmal, das Kinn leicht spitz zulaufend, mit schelmischen, mandelförmigen und ganz leicht schräg stehenden Augen, darüber gerade, dunkle, ebenfalls unmerklich nach oben führende Augenbrauen. Ihr gleichmäßig schön geschnittener Mund bestand aus verführerisch weichen Lippen, voll – aber nicht zu groß – und im Profil betrachtet aus vornehm heruntergezogenen Mundwinkeln, die sie manchmal eine zum Verrücktwerden toll aussehende Abfälligkeit ausstrahlen ließen.

Doktor Petra Stein hatte vor einem Jahr ihr wieder begonnenes Studium abgeschlossen, doch bis heute noch keinen Job angenommen. Sie war dennoch kein Hausmütterchen, obwohl Petra es durchaus verstand romantische Arrangements zu Hause auf den Tisch zu zaubern. Wir hatten es nicht nötig, beide unseren Unterhalt zu verdienen, denn mein Gehalt reichte inzwischen aus, um uns ein gutes Leben zu ermöglichen, gemäß dem alten Familienmotto: Was kostet die Welt?

Ich bin Nohan Farlander und arbeite seit zwei Jahren für das Bundesbüro für Ermittlungen unter der Leitung von Direktor Walter Gerhart. Seit ich für diese Abteilung des Innenministeriums tätig bin, wurden wir mit mysteriösen Ereignissen befasst, die Petra und mich immer wieder in die Bereiche der zweiten Wahrheit jenseits unserer Realität führten. Auch dieses Mal sollte es so sein, obwohl der Alltagstrott uns im Moment längst eingeholt hatte.

Im Büro

Direktor Gerhart blätterte in seinen Unterlagen und murmelte: „Ich habe hier Nachricht aus der Gegend um den Borgo-Pass …"
„Pasul Bârgău", antwortete ich gedankenverloren. *[Anm.: sprich: pasul bürgö:u]*
„Schon gut, Farlander! Sie brauchen hier nicht mit Ihren spärlichen Rumänisch-Kenntnissen aufzutrumpfen!", meinte er barsch, obwohl beim neuerlichen Blick in die Akten ein sanftes Lächeln seine Lippen formte. „Minus 36 Grad! Kälterekord, seit es dort entsprechende Aufzeichnungen gibt."

Ich begann schon allein beim Gedanken daran zu zittern. Was könnte in Transsilvanien schlimmer sein als solche Kälte? Kälte *und* Vampire! Verlegen prüfte ich den Knoten meiner Krawatte und strich über den Kragen meines blassblauen Hemdes.

Direktor Gerhart sah in seinem hellgrauen Anzug sehr cool aus. Dazu passte auch sein kurz rasiertes Kopfhaar, das den Anflug von Kahlheit gekonnt kaschierte. Er war stets kurz angebunden und ein sehr korrekter Vorgesetzter. Dass wir uns gegenseitig konsequent vertrauten und loyal zueinander standen, blieb allerdings unausgesprochen und nur gelegentlich entkam ihm – wie soeben eine Minute zuvor – ein unmerkliches Lächeln.

„Bleiben wir noch kurz in Rumänien", nahm mein Vorgesetzter das Gespräch wieder auf. „Mir liegt eine Nachricht unseres Verbindungsmannes Dimitri Nauglescu vor, in der er uns mitteilt, dass eine Delegation aus dem Kloster Valcrui unterwegs in den Vatikan ist."

Das Kloster Valcrui war ein geheimer Stützpunkt der römisch-katholischen Kirche und lag völlig von der Außenwelt abgeschieden in den tiefen Wäldern der Transsilvanischen Alpen, wie die Südkarpaten dort auch genannt wurden. In diesem Kloster stellte man seit Jahrhunderten äußerst wirksame Waffen für den Kampf gegen Vampire und sonstige Untote her. Unter anderem wurde dort auch *Das Buch mit den sieben Siegeln* verwahrt, das alle Geheimnisse über Vampire enthielt.

Einer meiner letzten Aufträge hatte uns vorigen Sommer dorthin geführt, wo wir mit dem Mönch Mario Moretti, genannt Bruder Marius, Freundschaft geschlossen hatte.

„Ist Bruder Marius auch Mitglied dieser Delegation?", wollte ich nun von meinem Chef wissen.

„Das ist der Grund, warum Nauglescu uns kontaktierte", bestätigte Gerhart meine Vermutung. „Auf der Rückreise wird Bruder Marius den Weg über Wien nehmen. Dimitri erwähnte nebenbei, dass Moretti die Baronin Yvonne von Erkenwald kennenlernen möchte."

„Das dachte ich mir", meinte ich halblaut und verzog meinen Mund zu einem wissenden Lächeln.

„Wissen Sie schon wann, Herr Direktor?", fügte ich fragend hinzu.

„Nein. Bruder Marius wird uns noch Bescheid geben. Aufgrund des angeschlagenen Gesundheitszustandes des Papstes ist eine genaue Terminfixierung derzeit nicht möglich."

„Verstehe. Doch ich habe eine andere Frage: Meine Partnerin Petra erzählte etwas von einem neuen Job, doch Sie erwähnten mir gegenüber noch nichts."

„Stimmt, Farlander." Gerhart machte eine ernste Miene. „Und das ist auch der eigentliche Grund dieses Gespräches. Unsere polnische Diplompsychologin Doktor Ewyta Salsky wird für einige Zeit eine Dozentenstelle an der FBI-Akademie in Quantico übernehmen. Ihrer Assistentin Doktor Sonja Grea wurde die interimistische Leitung von *Universal Medicals* übertragen und da Ihre Partnerin Petra Stein Psychologie studiert und vor Kurzem auch ihr Doktorat mit Bravour erworben hat, dachte ich mir, ihr den Job der Assistentin und Sekretärin anzubieten."

„Womit Petras Mitarbeit nun auch quasi offiziell abgesegnet wird", folgerte ich aus Gerharts Worten.

„Genau!", meinte er kurz und bündig wie immer.

Petra stand bereits bei vielen Aufträgen an meiner Seite. Ohne sie hätte ich vermutlich bei unseren unglaublichen Erlebnissen schon den Verstand verloren. Sie war mir stets wie eine zauberhafte Elfe erschienen, die mir Halt und Kraft gab.

❋ ❋ ❋

Mestre war das genaue Gegenteil der romantischen Lagunenstadt Venedig: die lieblose, fast furcht-einflößende Industrie- und Gewerbezone Marghera in der Nachbarschaft, durchschnitten von pulsierenden Verkehrsadern, Kreuzungspunkt vieler Eisenbahnlinien, ein dicht befahrener Autobahnknoten und riesiger Umschlaghafen an der nördlichen Adria.

Das Gerichtsmedizinische Institut lag im nordöstlichen Stadtbereich zwischen der Autobahn und dem großen Bahnhof Venezia Mestre.

Repubblica Italiana
ISTITUTO MEDICINA LEGALE
Località Venezia Mestre

stand in großen, verwitterten Lettern neben dem Eingang in eine grauweiße Marmortafel graviert. Auf der gegenüberliegenden Seite der Tafel befand sich eine lange, senkrecht angeordnete Reihe mit den typischen, überall hier anzutreffenden runden Messingklingeln, konkav vertieft, mit einem kleinen Knopf in der Mitte.

Während ich an diesem Februartag kurz nach Mittag missmutig aus dem Fenster meines Büros auf die Straße blickte und das kalte Winterwetter hierorts verwünschte, drückte in einigen Hundert Kilometern Entfernung die junge Polizeijuristin Annabella Rascale auf einen dieser Klingelknöpfe. *Dottore Bufoni* stand daneben mit einem Hinweis auf die Pathologie.

    Das Gebäude hatte auch schon bessere Tage gesehen. Es war ein etwa hundert Jahre alter, palastähnlicher Bau, vermutlich nach dem Krieg im typischen klobigen Mussolini-Stil umgestaltet und seither nicht mehr wesentlich verändert. Es strahlte dieses unbeschreibliche, südländische Flair aus, zum einen durch verschiedene, protzig-elegante Holzvertäfelungen, zum anderen aufgrund der immer wieder durchbrechenden römischen Stilelemente. Es war kein prunkvoller Palazzo, eher ein nüchterner Bürobau, jedoch ein Gebäude mit dem gewissen Hauch venezianischer Morbidität.

    In der Eingangshalle führte eine breite, klobig-überladen wirkende Treppe nach oben, die sich auf halber Höhe links und rechts verzweigte. Aus dem oberen Geschoss führten dann weitere, schmälere Treppen in die einzelnen Etagen.

Vor einer der hohen Holztüren blieb Annabella stehen und klopfte. Drinnen im Raum wurde etwas gerufen und sie trat daraufhin ein.

„Buon giorno, Signorina Rascale!", begrüßte sie ein älterer Mann im weißen Arbeitsmantel; mager, nicht besonders groß und grauhaarig.

„Buon giorno, Dottore", erwiderte die junge Frau höflich, „ich habe Ihre Nachricht erhalten und bin schon recht gespannt auf das, was Sie mir zeigen wollen."

„Ich muss Sie aber bitten", ergänzte Bufoni geheimnisvoll, „dass das, was Sie gleich sehen werden, strengster Geheimhaltung unterliegt."

Die Juristin sah den Dottore fragend an und nickte. Sie begaben sich in einen hinter einer großen Glastür liegenden Korridor, der an ein abgetakeltes Hospital erinnerte. Etwa in der Mitte befand sich eine matt polierte Metalltür mit einem großen Griff zum Öffnen. Bufoni bat Annabella herein.

Die beiden hatten nun den Obduktionssaal betreten. Verflieste Wände und weiße Schränke mit Gerätschaften standen an der den Fenstern gegenüberliegenden Wand. Zwischen den hohen Fenstern waren große Waschbecken angebracht, in der Mitte des sehr großen Raumes befanden sich vier metallene Operationstische. Auf dem zweiten von links lag unter einem weißen, mit einigen Blutflecken verunreinigten Laken ein offensichtlich lebloser Körper.

Mit energischer Handbewegung entblößte der Dottore den nackten Leichnam der in den frühen Morgenstunden aufgefundenen Mariella Connelucci.

„Fällt Ihnen etwas auf?", fragte er ungerührt.

„Außer, dass sie fast weiß ist und etwas dünn, fast schon ausgezehrt aussieht, nichts", antwortete Signorina Rascale.

„Ich werde es Ihnen zeigen!" Mit einer langen Pinzette, die der Dottore als Zeigeinstrument verwendete, deutete er auf eine Stelle links am Hals der Leiche.

„Was ist das?", fragte Annabella.

Sie hatte keinen blassen Schimmer, was diese beiden, wie blutige Insektenstiche aussehenden Wundmale zu bedeuten hatten.

„Nun", hob Professor Bufoni mit bedächtiger Stimme an, „dieser jungen Frau fehlen mehr als zwei Liter Blut. Bei ihrem Körpergewicht von ursprünglich etwa achtundvierzig Kilogramm muss sie sofort in Ohnmacht gefallen sein, kurz darauf war sie tot."

„Unterkühlung?"

„Dass sie ins Wasser gefallen ist, oder hineingeworfen wurde, spielt dabei keine Rolle. Ertrunken ist sie nicht."

„Und diese Wunden am Hals?"

„Bisswunden."

„Bisswunden?", wiederholte die Polizeijuristin ungläubig. „Von was?"

„Von *wem*, sollten wir vorerst fragen", korrigierte Bufoni. Er holte ein metallenes Lineal aus einem der Instrumentenschränke und hielt es an die Bissstelle.

„Zweiunddreißig Millimeter", meinte er trocken.

„Dottore Bufoni …", wurde Rascale langsam nervös, „… spannen Sie mich nicht länger auf die Folter! Was heißt das und was hat das alles zu bedeuten?"

„Zweiunddreißig Millimeter beträgt der durchschnittliche Abstand der Eckzähne eines erwachsenen Mannes", erklärte Bufoni in professoral-belehrender Weise.

Annabella setzte wieder ihr säuerliches Gesicht auf.

„Signorina Connelucci wurde – vermutlich von einem Mann – gebissen und ihr wurde das Blut ausgesaugt. Ein klassischer Fall von Vampirismus", ergänzte Bufoni und es klang aus seinem Mund, als ob so etwas alle Tage vorkommen würde.

Signorina Rascale machte eine wegwerfende Handbewegung, wobei sie noch immer dreinschaute, als hätte sie soeben an einer Zitrone gelutscht.

„Ich muss das in meinen Obduktionsbericht schreiben!", meinte er noch.

Annabella, die bereits zur Tür hinausging, antwortete, ohne sich umzudrehen: „Tun Sie, was Sie nicht lassen können!"

❊❊❊

Das Wetter hier in Mestre war zwar nicht wirklich erbauend, doch keineswegs so grässlich kalt wie bei uns in Wien. Mein spontaner Entschluss, dieses Jahr den Karneval in Venedig zu besuchen, hatte jedoch weder etwas mit dem Wetter und noch weniger mit den sich abzeichnenden Ereignissen zu tun.

Der Höhepunkt des diesjährigen Karnevals stand vor der Tür, der *Sabato Grasso*. Bereits nach Tarvis hatten wir den Winter hinter uns gelassen und die sich auftuende schneefreie Ebene vor Udine ließ erste und zaghafte Frühlingsstimmung aufkommen.

Langsam fuhr unser Zug nun über die große Brücke zwischen Mestre und Venedig. Die Strada Statale Numero 11 führte hier an zwei Säulen, die vom Symbol Venedigs, dem Markuslöwen, geziert wurden, vorbei über die *Ponte delle Libertà*. Sie wurde als Eisenbahn- und Straßenbrücke von den damals wenig geschätzten Österreichern erbaut und bildet seit 1846 erstmals eine Festlandverbindung zur Lagunenstadt.

Der Blick aus dem Abteilfenster erweckte in mir lange zurückliegende Erinnerungen an frühere Reisen. Gedankenverloren beobachtete ich die auf den im Wasser stehenden Bohlen sitzenden Möwen und die im dunstigen Licht sich aufzulösen scheinende Silhouette von Murano.

Langsam fuhren wir über unzählige Weichen und schließlich hielt der Zug mit sanftem Ruck im Bahnhof Santa Lucia.

Maskenball

"Masken sind heut' überall, Maskenball!" Bereits auf den Bahnsteigen tummelten sich allerlei maskierte Gestalten und die Kostümierung erinnerte uns sofort an die vielen Bilder des Karnevals, die wir schon oft zuvor gesehen hatten. Weiße Masken mit langen Nasen, wallende, an alte Zeiten erinnernde Kostüme eleganter Damen, dazwischen moderne, aber doch stilistisch eindeutig venezianische Verkleidungen.

Strahlend blauer, wolkenloser Himmel empfing uns am Vorplatz und die dem Bahnhof gegenüberliegende Kirche *San Simeone Piccola* grüßte mit ihrer Kuppel in hellem Türkisgrün.

„Da, sieh nur, wie schön!", rief meine Geliebte in heller Begeisterung, als eine Darsteller-Gruppe in klassischen Kostümen auf der Brücke bei Santa Lucia im wärmenden Sonnenlicht posierte.

Ich nahm Petra an der Hand, blickte verträumt in ihr Gesicht und meinte: „Damit wir uns im Gedränge nicht verlieren!"

Gemächlich schlenderten wir in Richtung Rialto-Brücke und Markusplatz. An den Souvenirständen wurden die typischen Masken – zum Einheitspreis von fünfzehn Euro pro Stück – in allen Formen und Farben feilgeboten, vor den kleinen Bars und Cafés saßen die Menschen schon im Freien, Touristen ließen sich in den Gondeln durch die schmalen Kanäle schiffen.

In den enger werdenden Gässchen um Rialto wurde das Gedränge immer dichter.

„Bleib direkt hinter mir", ermahnte ich Petra, während ich mich in kurzen Abständen überzeugte, dass sie sich tatsächlich noch in meiner Nähe befand.

An der Südseite der Rialto-Brücke drängten sich die Menschenmassen, um das Treiben am Canale Grande zu beobachten. Dazwischen immer wieder beeindruckende Kostümierungen mit aufwändig verzierten Masken, kunstvoll bestickten Barockkleidern und Hüten mit Blumen- und Federschmuck.

Im Gänsemarsch schoben wir uns weiter, bis sich unvermutet vor uns ein großer Platz auftat: Piazza di San Marco.

Vor einem blauen Sternenhintergrund über dem Hauptportal der Basilika San Marco wachte der goldene Markuslöwe über den Platz, auf dem sich nun nicht nur alle Masken des schönsten Karnevals der Welt tummelten, sondern auch Touristen aus aller Herren Länder. Vor den Toren der Kirche posierten Gruppen in schwarzen Umhängen mit großem Kopfschmuck, strassbesetzt auf violettem Grund. Die Augen waren kohlschwarz geschminkt, die Illusion der dunklen Augenhöhlen in den Masken verstärkend. Eine Figur in grellem Pink kokettierte über einem mit glitzernden Steinen verzierten Spiegel mit den Fotografen.

Ich fragte mich, ob unter jedem feminin wirkenden Kostüm auch wirklich eine Frau stecken würde, doch verschwendete ich nicht allzu viele Gedanken daran, denn ich wollte mich dieser Illusion nicht berauben. In einigen steckten allerdings eindeutig Frauen, recht hübsche obendrein! Diesbezüglich anerkennende Bemerkungen von mir quittierte meine Begleiterin mit freundschaftlichen Stößen ihrer Ellenbogen oder mit gespielt bösen Blicken.

Das bunte Treiben am Markusplatz war nahezu unüberschaubar. Ausgelassene Darbietungen wechselten mit stillen Pantomimen, melancholische Harlekine flanierten unter den Arkaden des Dogenpalastes und boten stimmungsvolle Fotomotive. Schminkkünstlerinnen, deren Arbeitsplatz bloß aus einem Tischchen und zwei kleinen Hockern bestand, malten jungen Mädchen oder reiferen Damen fantasievoll geschwungene Muster um die Augen, gelegentlich mit Strass und Flitter zusätzlich zauberhaft verziert.

Den Höhepunkt bildeten die Posen verschiedenster Gruppen bei den Bootsanlegestellen der *Riva degli Schiavoni*. In den milden Strahlen der Nachmittagssonne leuchteten farbenfrohe Kostüme, offenbar verschiedene Jahreszeiten darstellend. Zarte Pastelltöne sowie kräftige Farben für das Frühjahr und den Sommer, kräftiges Orange, einige Kostüme auch mit dunklen Weintraubengestecken versehen, symbolisierten den Herbst und kalte blauschwarze Farben mit weißen Schleiern und Masken standen für den Winter.

Eine jener offensichtlich sehr hübschen Frauen unter einer weißen, mit Perlen besetzten Maske stützte ihren Kopf auf einer Hand ab und blickte verträumt in die Linsen der unzähligen Fotografen.

Langsam ging der Tag zur Neige, als wir nochmals über den Markusplatz schlenderten. Plötzlich stand eine Frau

vor mir und während mir kalte Schauer über den Rücken flossen, entkam meinen Lippen ein leises: „Anuschka?"
„Was hast du gesagt?", fragte Petra.
„Ich habe Anuschka gesehen."

Diese unmaskierte, bleich geschminkte Frau mit der weißen, hohen Perücke, in der rote und blaue Federn steckten, dem wallenden Kleid aus königsblauem Brokat mit goldgelben Stickereien und dem Fuchspelz um den Hals erinnerte mich verblüffend an die rumänische Vampirfrau Anuschka, die mir letzten Sommer in den Südkarpaten zum ersten Mal begegnet war. Diese Frau nun sah mich nicht an, nein, sie schien durch mich hindurchzusehen, mit einem Blick, der sich irgendwo in der Unendlichkeit verlor. Der rote Mund leuchtete in ihrem bleichen Gesicht, das um die schwarz konturierten Augen ebenfalls rötlich geschminkt war. Sie sah aus wie ein Engel aus der Schattenwelt.
„Du spinnst ja", winkte Petra ab, „Anuschka ist tot! Wir haben es beide miterlebt."

„Aber sieh nur …", ließ ich nicht locker, doch dort, wo ich diese geheimnisvolle Dame gesehen hatte, standen jetzt bloß eine junge Frau mit langem, blauem Mantel – eine typische Italienerin mit diesen großen, dunkelbraunen Augen – und ein eleganter, grau melierter Herr mit kurz rasiertem Vollbart, ebenfalls korrekt aber unscheinbar gekleidet.

Mir war inzwischen, nicht zuletzt durch diese seltsame Begegnung, eisig kalt geworden, und da nun langsam die Dunkelheit über die Stadt hereinbrach, ordneten wir uns in eine der Menschenschlangen ein, die sich in Richtung ‚Ferrovia' durch die engen Gässchen drängten.

❉❉❉

Der Name des Lokals in einer Seitengasse in der Nähe der Rialto-Brücke war „Trattoria Cavallo Bianco". Trotz des an diesem Tag herrschenden Trubels hatten Petra und ich ein Plätzchen zum Abendessen ergattert.

Während wir auf unser Essen warteten und ich den weißen *Tocai Friulani* verkostete, fiel mir zwei Tische weiter wieder das Pärchen von unserer eigenartigen Begegnung am Markusplatz auf.

„Das ist wieder typisch!", ätzte ich. „Die reifen Männer mit der jungen Damenbegleitung."

„Also Nohan, ich will ja nichts sagen", konterte Petra mit ihrer manchmal so süß schnarrenden Stimme, „aber ist das bei uns beiden nicht ähnlich?"

Sie bewegte ihre Hände abwechselnd über- und untereinander, was etwa einen Vergleich darstellen sollte, dabei wiegte sie auch fragend ihren Kopf. Ich wollte schon protestieren, als meine Geliebte abschwächte: „Na ja, zumindest sieht man dir dein Alter nicht so direkt an."

„Du tust so, als ob ich mit meinen fünfundvierzig schon das Greisenalter überschritten hätte!"

„Gib es doch zu, dass du schon zu den Unter-Hundert-Jährigen gehörst!", neckte sie mich weiter.

„Und du wirst auch schon dreißig", schmollte ich.

Meine Geliebte hielt einen Moment inne, kniff die Augen zusammen und betrachtete mich kritisch.

„Bekommst du graue Haare?"

Jetzt verschlug es mir endgültig die Sprache. Natürlich hatte ich es im Spiegel bemerkt, dass es in letzter Zeit wirklich sichtbar mehr an meinen Schläfen geworden waren. Mürrisch verzog ich die Nase.

„Na ja", versuchte ich die Situation mit Humor zu überspielen, „der junge Jonathan Harker ist durch seine Begegnung mit den drei wollüstigen Vampirbräuten auf Schloss Dracula ebenfalls ergraut." – und Begegnungen mit sehr lasziven Vampirfrauen hatte ja auch *ich* in den letzten Jahren mehr als genug erlebt. „Ist es wirklich so schlimm?", fügte ich noch verunsichert hinzu.

„Angeblich sollen reife Herren mit grau melierten Schläfen ja recht interessant sein, heißt es", meinte Petra verschmitzt. „Mal sehen, wie das bei dir so ist!"

Sie lächelte mich zärtlich und liebevoll an und berührte sanft mit ihrer rechten meine linke, am Tisch liegende Hand, was mich unseren Wortwechsel sofort wieder vergessen ließ.

Beim Essen sah ich immer wieder verstohlen zu diesem Pärchen hinüber. Zu diesem Zeitpunkt fiel mir indes nicht auf, dass diese beiden ebenfalls jemanden beobachteten: einen Mann in dunklem Umhang und einer weißen Maske, die sein Gesicht halb bedeckte.

Ich maß dieser Begegnung allerdings überhaupt keine Bedeutung zu und so entging mir aufgrund meiner Unaufmerksamkeit auch, dass dieser maskierte Mann mit den pomadisierten Haaren, der wie das Phantom der Oper aussah, mir eigentlich ebenfalls bekannt hätte sein müssen. So bezahlte ich schließlich und mit flotten Schritten beeilten wir uns zum Bahnhof, wo unser Zug schon auf Bahnsteig Eins bereitstand.

Auch unsere Schlafwagenbetreuerin, übrigens eine sehr attraktive Dame mit schulterlangen, dunklen Haaren, hatte den Nachmittag beim Karneval verbracht und war um die Augen – wie zuvor beschrieben – kunstvoll geschminkt.

„Es war ein traumhafter Tag!", flüsterte Petra, nachdem wir das Licht in unserem Abteil gelöscht hatten. „Danke."

„Da gibt es nichts zu danken", meinte ich bescheiden, „ich wollte doch selbst schon lange einmal zum Karneval nach Venedig."

„Na dann, gute Nacht, Nohan!"

„Gute Nacht, Petra", erwiderte ich ihren Gruß und schlief mit melancholischen Gedanken an Anuschka schließlich ein.

Der Winter hatte uns schnell wieder im Griff. Das zeigte mir ein zweifelnder Blick aus dem Abteilfenster. Die Morgensonne schien über die mit Schnee bedeckten Felder, sanfte Dunstschleier lagen über dem glitzernden Boden, in einiger Entfernung drehten sich langsam in Reih und Glied stehende, weiß glänzende Propeller eines Windkraftwerkes.

Wir sprachen an diesem Morgen wenig miteinander. Auch die eiskalte Luft, die uns nach der Ankunft auf dem Bahnsteig empfing, weckten meine Lebensgeister nicht wirklich und ich blieb mit meinen Gedanken an die Geister der Schattenwelt allein.

Rendezvous am Bahnhof

Wochen vergingen und endlich hatte das Frühjahr die Oberhand gewonnen. Der morgendliche Weg ins Büro machte jetzt gleich wieder mehr Spaß, genauso wie ein nachmittäglicher Bummel durch die Stadt.

Im Radio wiederholten sie seit einigen Tagen eintönige Meldungen über den ernsten Gesundheitszustand des Papstes.

„Irgendwann werden sie berichten", meinte ich ironisch zu Frau Herta Herbst, unserer Chefsekretärin, „dass der Papst verstorben sei, wobei man in einem offiziellen Bulletin des Vatikans erklären wird, dass sein Zustand stabil sei."

„Stabiler geht es ja dann wohl kaum", lachte Frau Herta, fügte aber sofort und eine ernste Miene dabei machend hinzu: „doch mit diesen Dingen scherzt man nicht, Herr Farlander!"

„Ja, Sie haben recht, Frau Herta. Verzeihung. Aber mir fällt diese nichtssagende Monotonie in den Meldungen auf. Vielleicht ist er schon tot, nur wird das der Öffentlichkeit verheimlicht."

Herta konnte darauf nicht antworten, denn Gerhart war in der Tür erschienen und meinte: „Sie glauben wohl, dass hinter allem irgendeine Verschwörung steckt, wie?"

„Ja", erwiderte ich kurz angebunden.

„Nun gut, Farlander", meinte mein Vorgesetzter, „das ist Ihr Problem! Doch bleiben wir beim Thema. Wir haben ein Fax aus dem Vatikan erhalten, in dem uns Bruder Marius mitteilt, dass er uns nach Ostern einen Besuch abstatten wird."

„Perfekt", rief ich aus, „ich werde ihn abholen! Kommt er mit dem Zug oder dem Flugzeug?"

„Vermutlich mit dem Zug", antwortete der Ermittlungsdirektor, „doch er gibt uns noch die genaue Ankunftszeit bekannt. Bis dann, Farlander – Ja, und noch etwas: Vereinbaren Sie mit der Baronin von Erkenwald einen Termin für eine Klausur auf deren Schloss!"

Mit diesen Worten verließ Gerhart mein Büro. Frau Herta folgte ihm und schloss die Tür.

Wer war diese Baronin Yvonne von Erkenwald? Madame Yvonne – wie sie auch genannt wurde – nahm seit nunmehr fast vier Jahren einen festen Platz in meinem Leben ein. So sehr ich meine Petra auch liebte, war die geheimnisvolle Baronin die Inkarnation all meiner geheimen Sehnsüchte. Sie war eine große, dominant fürsorgliche Frau, dunkelhaarig, stets elegant gekleidet und perfekt geschminkt, so als sei sie eben einem Hochglanzmagazin entstiegen. Yvonne besaß, einerseits aus altem Familienbesitz, andererseits aufgrund ihrer Geschäftstüchtigkeit, ausreichend Vermögen, führte auf Schloss Hertzenstein ein diskretes Nobeletablissement und sie war eine Halbvampirin!

※※※

Ein paar Tage später ließ die getragene Musik aus dem ansonsten Happy-Sound ausstrahlenden Radiosender erahnen, dass der Papst nun doch einen Termin bei seinem Chef erhalten hatte.

Am Vormittag traf von Bruder Marius neuerlich ein Fax ein, in dem er uns nicht nur mitteilte, dass er noch den stattfindenden Trauerfeierlichkeiten beiwohnen und sich sein Eintreffen deshalb etwas verzögern würde. Es standen auch ein paar kryptische Zeilen über einen seltsamen Todesfall in Venedig darinnen.

„Wir wissen noch nicht genau darüber Bescheid", merkte Ermittlungsdirektor Gerhart auf meine diesbezügliche Frage kurz an. „Wir sprechen auf Hertzenstein darüber. Ich nehme an, dass Sie ohnehin noch keinen Termin vereinbart haben?"

Wieso war ich bloß so leicht zu durchschauen? Natürlich hatte ich noch keinen Termin vereinbart. Wozu auch? Aufgrund unserer freundschaftlichen Beziehung zur Baronin von Erkenwald war es selbstverständlich nie ein Problem auch kurzfristig einen Termin auf Schloss Hertzenstein zu vereinbaren.

Yvonne bestand nahezu darauf mich zu begleiten, wenn ich Bruder Marius vom Südbahnhof abholen würde.

Der Euronight 234 sollte um acht Uhr dreiundvierzig eintreffen. Wie so oft hatte dieser aus Italien kommende Zug etliche Minuten Verspätung, die Yvonne und ich mit einem Espresso im Bahnhofspuff – pardon, -pub – überbrückten.

Madame war heute wieder in beeindruckender Weise gestylt, wie ich es an ihr so liebte. Das dichte, dunkle, in ungezwungenen Wellen ihr Gesicht umrahmende Haar unterstrich ihre makellose Schönheit, die wie immer durch perfektes Make-up hervorgehoben wurde. Müßig zu erwähnen, dass ihr dunkelgraues Business-Kostüm trotz oder gerade wegen der distanziert wirkenden Strenge ihre erotische Ausstrahlung besonders unterstrich. Dass diese beeindruckend schöne Frau, die, obwohl sie schon zweiundvierzig Jahre alt war, wie fünfundzwanzig aussah, auch noch seidig schwarz glänzende Strümpfe und dazu passende, hochhackige Pumps trug, braucht an dieser Stelle kaum extra betont zu werden. Dementsprechend offen blieben die Münder der in diesen frühen Vormittagsstunden bereits das zweite oder dritte Bier intus habenden Männer in dieser kleinen Bar.

Wir bestellten zwei Espressi (klingt komisch, heißt aber so) und unterhielten uns über belanglose Dinge.

„Euronight 234 ‚Allegro Tosca' von Roma Termini über Florenz, Venedig, Villach und Bruck an der Mur fährt Bahnsteig 19 ein. Bitte Vorsicht!", ertönte leise die Stimme einer ehemaligen Fernsehsprecherin aus den Lautsprechern der Bahnhofshalle.

„Das ist unser Zug!", merkte ich hektisch an, legte ein paar Euro-Münzen auf den Tresen und verließ mit meiner attraktiven Begleiterin das Lokal.

„Da heißt es immer, mit der Bahn fährt keiner", erregte sich Yvonne. „Sieh dir nur an, wie viele Leute da aussteigen!"

Ohne auf ihre Bemerkung zu achten, ließ ich meine Blicke über die aus den Waggons strömenden Menschenmassen schweifen. Endlich stolperte aus einem der Liegewagen ein kleiner Mann mit rötlichen, zerzausten Haaren und einer braunen Mönchskutte.

„Da ist er", murmelte ich.

Marius schleppte einen großen, ebenfalls braunen Seesack mit sich. Er wollte völlig geistesabwesend an uns vorbei, doch aufgrund einer heftig gestikulierenden Handbewegung meinerseits blieb er abrupt stehen.

„Bunǎ ziua, Fratre Marius!", begrüßte ich ihn.

„Bunǎ ziua, Domn Farlandu!", erwiderte der kleine, quirlige Mönch mit der aufgekratzt und papageienhaft klingenden Stimme und umarmte mich so unvermutet und heftig, dass ich überrascht war keinen Kuss von ihm zu bekommen.

„Ich bin so froh, Sie wiederzusehen", strahlte er übers ganze Gesicht, „und bin schon so gespannt, die Baronin von Erkenwald kennenzulernen. Wann werden wir sie treffen?"

Mit einem verstohlenen Blick zu Yvonne, die ein dreckiges Schmunzeln aufgesetzt hatte, sagte ich zu ihm: „Darf ich Ihnen die Baronin Yvonne von Erkenwald vorstellen?"

Meine linke Hand machte eine sanfte, auf die neben mir stehende Yvonne zeigende Bewegung.

„Äh … angenehm … verehrte Baronin", stammelte der kleine Mönch und lief dabei rot an.

„Sie dürfen Madame Yvonne zu mir sagen", flötete diese stets ein wenig dominant wirkende Frau mit dunkel-sonorer Stimme.

„Keine Angst, Marius", ergänzte ich, „sie beißt Sie schon nicht!"

Sein Gesichtsausdruck wirkte nicht sehr überzeugt und Yvonne hatte noch immer dieses verschmitzt unanständige Lächeln aufgesetzt.

„Ähm … äh …"

Marius war etwas einsilbig, als wir uns auf dem Weg ins Parkhaus befanden.

„Sie kommen mit mir, Pater", sagte Yvonne in sehr freundlichem Tonfall und diese obszönen Züge waren von ihren Lippen gewichen. „Ich habe ein schönes Zimmer für Sie auf Schloss Hertzenstein vorbereiten lassen."

Während unserer kurzen Konversation versuchte ich dem kleinen Mönch noch etwas über diese geheimnisvollen Zeilen über Venedig zu entlocken, doch er wich meinen Fragen vorerst aus.

„Ich möchte das alles in einem größeren Zusammenhang erzählen", vertröstete er mich. „Wie mir Ihr Vorgesetzter berichtete, treffen wir uns ohnehin zu einem ausführlichen Gespräch."

Nun gut, dann eben nicht! Mit lässigem Schwung warf ich seinen Seesack in den Kofferraum von Yvonnes schwarzem Mercedes CLS 500 und mit einem zärtlichen Kuss auf ihre dunkelrot geschminkten Lippen verabschiedete ich mich von der schönen Baronin.

„Bis bald", hauchte Yvonne leise.

„Bis bald", erwiderte ich und zwinkerte wohlwollend mit beiden Augen.

❋ ❋ ❋

In der Zwischenzeit hatte Petra ihre neue Arbeit bei *Universal Medicals* im Büro von Doktor Ewyta Salsky angenommen. Obwohl es ihr offensichtlich sehr gut gefiel, war sie die letzten Abende wie gerädert. Ich konnte das sehr gut verstehen, obwohl mir nun ihre zärtliche Fürsorge fehlte, wenn ich geschlaucht von den nervenaufreibenden Erlebnissen eines Beamtentages nach Hause kam.

„Du könntest ohne Weiteres auch einmal den Tisch decken, wenn ich nach dir heimkomme", fuhr mich Petra eines späten Nachmittags an.

„Was ist jetzt kaputt?", fragte ich erstaunt und machte einen ratlosen Gesichtsausdruck. „Ist dir Ilona über den Weg gelaufen?"

„Was hat die damit zu tun?", meinte Petra erstaunt, um sogleich fortzusetzen: „Verzeih mir. Ich bin es scheinbar nicht mehr gewöhnt alle Tage wieder zur Arbeit zu gehen. Das frühe Aufstehen, überhaupt jetzt, nach der Umstellung auf die Sommerzeit …"

„Ja, mir geht die eine Stunde am Morgen auch irgendwie ab", stimmte ich meiner süßen Partnerin zu.

„Hast du Lust, essen zu gehen?" Petra sah mich dabei mit verführerischem Blick ein wenig von unten her an und ich konnte somit nicht anders antworten als mit: „Ja, sehr gerne, natürlich!"

Wir entschieden uns an diesem Abend für ein urwüchsiges Lokal in unserer Nähe, wo es neben kühlem Budweiser auch deftige Hausmannskost gab.

Petra erzählte mir nach dem Essen ein wenig von der neuen Arbeit. Auch ihr Alltag bestand, so wie meiner, keineswegs aus lauter mysteriösen Vorfällen, sondern aus schlichter Routinearbeit: medizinische Gutachten, psychologische Betreuung von Bundesbeamten, die im Dienst besonders belastende Erlebnisse hinter sich hatten, oder die Behandlung von Verletzungen, die in ursächlichem Zusammenhang mit speziellen Einsätzen standen. Aufgrund solcher Verletzungen hatte auch ich mich schon zwei Mal im Krankenbett von Doktor Sonja Grea wiedergefunden.

„Ewyta wird Freitag früh nach den Vereinigten Staaten abreisen", erzählte Petra mit aufgeregt schnarrender Stimme. „Wir sind also ab nächster Woche auf uns alleine gestellt. Aufregend, nicht?"

Zärtlich berührte ich Petras Hand und sagte leise und zustimmend: „Du wirst das gemeinsam mit Sonja schon hinkriegen."

„Danke, Nohan." Petra lächelte mir liebevoll zu und blickte durch ihr Glas mit dem hellgelben Chardonnay. Es war übrigens ein vorzüglicher Jahrgang 2003 aus dem Weingut Absaner-Raibach.

„Wir sind am Wochenende zu Besuch auf Schloss Hertzenstein", wechselte ich das Thema, „ich habe heute mit Yvonnes Sekretärin Rebekka telefoniert. Wir werden Samstag am späten Nachmittag erwartet."

Petra schaute etwas skeptisch drein. Unser letztes Abenteuer stand im Zusammenhang mit Schloss Hertzenstein und verlief düster und zeitweise sehr Furcht einflößend.

„Keine Angst, Petra. Diesesmal steht nur Smalltalk auf dem Programm", versuchte ich meine Frau Doktor zu beruhigen, „ich wüsste nicht, was ein Todesfall in Venedig mit uns zu tun haben könnte."

„Ob du dich da mal nicht irrst", blieb Petra skeptisch und sollte recht behalten.

Zusammenkunft im Schloss

Schloss Hertzenstein befand sich etwa fünfzig Kilometer nordwestlich unserer Bundeshauptstadt. Es lag in einer sanft hügeligen Landschaft und war von einer unscheinbaren Mauer umgeben. Das Einfahrtstor mit rechteckigen Säulen an jeder Seite, auf denen kleine Steinlöwen saßen, war schwarz lackiert mit kleinen, goldfarbenen Kugeln an den Spitzen der geschwungenen Stäbe.

Zum Schloss hin führte eine gerade Straße, eingesäumt von in barockem Stil geschnittenen Eiben, Buchsbäumen und sonstigen kleinblättrigen Gewächsen und dazwischen immer wieder Statuen. Links und rechts dieser Einfahrt erstreckte sich ein dicht bewachsener, gut gepflegter Park, der gegen Norden seine Fortsetzung fand und in ein sanft hügeliges Waldstück überging.

Vor dem Gebäude lag ein rechteckiger Platz mit einem ovalen, kleinen Teich, in dessen Mitte ein Springbrunnen mit einer eleganten Frauenfigur stand.

Das Schloss selbst war von Ost nach West ausgerichtet, der Haupteingang mit der breiten Treppe zeigte nach Süden. Es war einstöckig und gliederte sich in zwei rechteckige Seitentrakte, der Mittelteil mit dem Eingang war von quadratischem Grundriss. Darauf befand sich unterhalb des Daches eine schmale Terrasse mit einem mansardenartigen Ausbau.

Das erste, wohltemperierte Aufwallen des Frühlings war nun wieder vorbei. Grau bedeckt zeigte sich der Himmel über dem flachen Hügelland nördlich der Donau. Trotz der eher kühlen und jetzt im April durchaus noch üblichen Temperaturen war das Frühjahr unverkennbar. Zartgrüne kleine Blätter klebten wie Erbsen an den noch immer dürr anmutenden Ästen der Bäume, das zarte Blassrosa der Kirschblüten ließ diese aus der Ferne wie eingefärbte Wattebäuschchen aussehen. Die Weide, an der wir gerade vorbeifuhren, trug schon satteres Grün, vermischt mit zartgelb zottigen Kätzchen.

Auch innerhalb der Mauern, im Schlosspark von Hertzenstein, zeigte sich das gleiche Bild: je nach Baumart graubraune Besen oder schon zart sprossende Blätter, vereinzelt darunter zumeist gelb blühende Büsche und Sträucher.

Unangenehmer Wind – es war ohnehin eine zugige Gegend hier – empfing uns beim Aussteigen aus dem Auto. Ein Umstand, der uns mit großen Schritten zum Eingang eilen ließ.

„Janz schön windich draußen, wa?", meinte die groß gewachsene, blonde Berlinerin Susanne, nachdem sie uns an der Rezeption begrüßt hatte.

„Warst du auch schon draußen?", scherzte ich und sah bewusst auffällig auf ihr kurzes, stets zerzaust wirkendes Haar.

„Nee, ick seh' immer so aus!", antwortete sie kühl, nicht ohne launisch verzogene Mundwinkel.

„Beachte ihn nicht!", rief Petra Susi noch zu, während sie mich zur Haupttreppe drängte. „In letzter Zeit ist er ein wenig zickig!"

„Was bin ich?", zischte ich ihr zu, bekam aber keine Antwort, denn im Obergeschoss erschien Madame Yvonne, die schöne Schlossherrin. Freude strahlte aus ihrem etwas dezenter, doch wie immer gekonnt geschminkten Gesicht. Ihre weißen Zähne leuchteten hinter einem leicht geöffneten, blutroten Mund.

Yvonnes brünett schimmernde, offen getragene Löwenmähne umrahmte wieder ungezwungen ihr Antlitz. Gekleidet war sie heute eher schlicht – was eben ‚schlicht' bei dieser immer ein wenig auffällig, doch stets sehr modisch und geschmackvoll angezogenen Frau bedeutete –, in erdigen Pastellfarben mit zartrosa Bluse, einem engen Rock und dazu passenden hellbraunen Pumps.

„Im Speisezimmer ist schon alles vorbereitet", bat sie uns weiterzukommen. „Jakob serviert in Kürze das Diner."

Ich war immer wieder aufs Neue von dieser herrlich restaurierten Barockarchitektur des Schlosses fasziniert, das in den meisten Räumen durch ultramodernes, schlichtes Mobiliar kontrastiert wurde. Der Marmorboden hier im Korridor war wie die Parkettböden in den Zimmern glänzend poliert und die Absätze der Pumps meiner Damen klopften darauf bei jedem Schritt.

„Bruder Marius hat sich schon bestens hier eingelebt", übte sich Yvonne in Smalltalk, während wir zum Speisezimmer gingen.

„Kann ich mir vorstellen!", merkte Petra an. „Ist schon irgendwie vornehmer hier als diese desolaten Waschräume im Kloster Valcrui."

In der Zwischenzeit war auch mein Vorgesetzter, Ermittlungsdirektor Gerhart, eingetroffen.

Nach einem wie immer vorzüglichen Essen fanden wir uns im großen Salon ein und nahmen auf den einander gegenüberstehenden, hellbeigen Ledersofas Platz. Wichtige Besprechungen in unserem Kreis fanden auf Schloss Hertzenstein nie im Besprechungszimmer statt, das sich ebenfalls im Obergeschoss, jedoch am Ende des östlich liegenden Traktes befand, sondern stets im gemütlichen Salon in familiärer Atmosphäre, oft auch bei einem Glas Rotwein.

✳✳✳

Nach kurzem, gesellschaftlich angehauchtem Geplauder – Marius berichtete auch über seine Teilnahme an den Beisetzungsfeierlichkeiten für den verstorbenen Papst in Rom und über den Ansturm der Gläubigen, der beinahe biblische Ausmaße erreicht hatte – begann Gerhart mit seinen Ausführungen.

„Nachdem Frau Stein nun ebenfalls unsere offizielle Mitarbeiterin ist", dabei blickte mein Vorgesetzter zu meiner Partnerin und Geliebten, die mit einem verlegenen Lächeln antwortete, „möchte ich Ihnen nun erzählen, warum wir vor mehr als zwei Jahren Sie, Herr Farlander, für diesen Job ausgewählt haben."

„Da bin ich aber gespannt!", antwortete ich überrascht. „Ich muss gestehen, dass ich mir darüber eigentlich noch nie Gedanken gemacht habe."

„Machst du dir überhaupt über irgendetwas Gedanken?", warf Petra keck ein, worauf ich ebenfalls keck antwortete: „Wer ist hier jetzt zickig?"

„Darf ich weitererzählen?"

„Natürlich, Verzeihung, Herr Direktor", entschuldigte ich unseren kindischen Wortwechsel.

Yvonne sah mir in die Augen und lächelte süffisant.

Gerhart begann mit seinem Bericht.

„Seit fast dreihundert Jahren existieren in unseren Archiven Akten über Vampire und Wiedergänger. Am bekanntesten ist der Bericht des Regiment-Feldschers Johannes Flückinger, der im Auftrag der österreichischen Regierung im Jahre 1732 Untersuchungen im serbisch-türkischen Grenzgebiet durchführte. Im serbischen Medwegia wurden einige Leichen obduziert, nachdem sich Berichte wie ein Lauffeuer verbreitet hatten, dass ein gewisser Arnod Paole nächtens aus seinem Grab gestiegen und einigen Menschen das Blut ausgesaugt haben soll. In Flückingers Bericht wird auch der Begriff ‚Vampyr' erstmals verwendet."

„Bemerkenswert ist die Tatsache", ergänzte unser rumänischer Gast, „dass in diesem Bericht erstmals alle relevanten Details angeführt sind. Die Leichen schienen mit Blut vollgesogen, es floss aus Nase, Ohren und dem Mund heraus. Die Fingernägel schienen rosig und bei der Pfählung gaben die Leichen undefinierbare Geräusche von sich."

„Das ist aber doch längst durch wissenschaftliche Erkenntnisse geklärt", warf ich skeptisch ein.

„Richtig Farlander", setzte Gerhart fort, „doch das ist nur ein Teil der Wahrheit. Der Bericht Flückingers ist praktisch die Urakte. Die Dokumente in unseren Archiven sind mehr oder weniger unzusammenhängend. Erst mit den Akten über die gentechnischen Versuche zur Zeit des kalten Krieges bekommen sie eine neue Dimension."

Unsere Gastgeberin saß wortlos da und ich musste zugeben, dass mich ihre übereinandergeschlagenen Beine mit den glänzenden, dunkel-hautfarbenen Strümpfen sehr irritierten.

Als Gerhart auf Yvonne zu sprechen kam, weiteten sich ihre großen Augen und sie zog eine Augenbraue leicht nach oben, was ihrem vornehmen Gesicht einen skeptischen Ausdruck verlieh.

„Wir hatten Frau von Erkenwald ab jenem Zeitpunkt unter Beobachtung, seit sie diesen Fitness-Klub eröffnet hat."

Yvonne funkelte mit den Augen.

„Verzeihen Sie, Madame", beeilte sich mein Vorgesetzter einzuwerfen, „aber wir waren uns über Sie nicht im Klaren. Und Farlander wusste ja auch nicht, dass er schon längst unter Beobachtung stand."

„Na, da bin ich ja beruhigt!" In der dunklen Stimme der Baronin schwang jetzt ein Hauch von Ironie mit.

„Und was hatte mich für diesen Job qualifiziert?", wollte ich nun wissen.

„Es war entgegen meinen sonstigen Gewohnheiten eine rein gefühlsmäßige Entscheidung Sie als meinen Mitarbeiter auszuwählen", schmunzelte Gerhart, „und ich habe mich nicht geirrt."

Dankend nickte ich meinem Vorgesetzten zu, während Petra meine Hand drückte und mich verliebt ansah. Auch Yvonne warf mir einen seitlichen und sehr kokett wirkenden Blick zu.

Marius schenkte uns inzwischen vom rumänischen Rotwein ein, den er aus den Kellern von Valcrui mitgebracht hatte.

„Haben Sie die Flaschen die ganze lange Reise mit sich herumgeschleppt?", fragte die Baronin mit ehrlicher Besorgnis. „Sie Armer!"

Der rothaarige Mönch bekam nun auch kurzzeitig eine rötliche Gesichtsfarbe, deren rosa Teint sich mit dem orangen Einschlag in seiner Haarfarbe schlug.

Nach einer kurzen Pause und einigen Schlucken vom köstlichen Rumänen begann nun Bruder Marius mit seinen Ausführungen, mit denen er uns ein wenig von seinem Wissen über Vampire anvertrauen wollte.

„Ich werde mich kurz fassen, um Sie nicht zu langweilen", begann unser rumänischer Freund zu erzählen.

Marius fasste sich aber weder kurz und noch weniger langweilte er uns. Die Zeiger meiner Omega zeigten weit nach Mitternacht, als wir mit neuen Erkenntnissen zu Bett gingen.

Bruder Marius berichtete vom bereits erwähnten *Buch mit den Sieben Siegeln*, das die Geschichte der Vampire und deren Geheimnisse enthielt: „Dieses Buch zählt zu den großen Vermächtnissen der Menschheit, wie auch zum Beispiel die Büchse der Pandora, auch Wiege des Lebens genannt, die Bundeslade und der Heilige Gral. Doch ich schweife ab. Es gibt zwei Arten von Vampiren", kam er nun zum Kern der Sache, wobei ich aufgrund unserer bisherigen Erlebnisse schon etwas in der Art vermutet hatte.

Die Forschung unterscheide Vampire, die eine genetische Mutation des Menschen darstellten, und jene, bei denen es sich um untote Wiedergänger handelte. Der berühmteste dieser Wiedergänger sei Graf Dracula gewesen, dem durch seine Grausamkeit zu Lebzeiten einerseits der Tod verwehrt, ihm andererseits auch große Macht als Untoter verliehen worden sei. Getötet habe er nur werden können – genauso wie seine infizierten Opfer –, nachdem ihm ein Pfahl durchs Herz gestoßen und danach der Kopf abgetrennt worden sei.

Ein Vampir ruhe in seiner Muttererde, dürfe ein Haus nur betreten, wenn man ihn dazu auffordert. Er könne die Häuserwände hochklettern, erscheinen oder verschwinden und sich in eine Fledermaus oder ein hundeartiges Raubtier verwandeln. Um das Grab eines Vampirs herum erkenne man oft seitliche Löcher.

Sein hervorstechendstes Merkmal sei jedoch der Blutdurst, durch den der Vampir ständig neue Kraft schöpfe, ja sich sogar verjüngen könne.

Eine Besonderheit unter den Untoten seien die auch in der Deutschen Romantik beschriebenen *Willis*. Es seien dies erwachsene Jungfrauen, die vor der Entjungferung eines gewaltsamen Todes starben, und so als Wiedergängerinnen in Vollmondnächten erschienen oder auch tanzten. Die zarte Anuschka war demnach ein sogenannter ‚Willi', zugleich auch eine Vampirfrau, weil sie von einem Vampir gebissen und getötet worden war.

‚Willi'! Ein blöder Ausdruck, wie ich fand, besonders für Anuschka.

Die Gemeinsamkeiten mit den genetischen Vampiren bestünden in der Abneigung von Knoblauch und Silber, sowie einer Überempfindlichkeit gegenüber Tageslicht. Ebenso würden sie auf ihre Opfer eine hohe erotische Anziehungskraft ausüben. Kruzifixe und Weihwasser hätten nur auf schwache Vampire eine abschreckende Wirkung.

Wir erfuhren auch, dass Vampire nicht von vornherein zu Staub zerfielen, sondern nur, wenn sie bereits entsprechend lange (un)tot seien.

Wirklich unheimlich wurden Marius' Schilderungen erst, als er auf die genetischen und somit *lebenden* Vampire zu sprechen kam. Sie seien eine Mutation von an Tollwut erkrankten Menschen, hochgradig erregbar – auch sexuell – und empfindlich gegen Tageslicht, wobei starkes UV-Licht sogar tödlich sein könne. Knoblauch löse in ihrem Körper einen anaphylaktischen Schock aus, ebenso Silber und dessen chemische Verbindungen. Dafür würden genetische Vampire, wie Marius sie nannte, langsamer altern und seien um vieles weniger anfällig für die meisten menschlichen Krankheiten. Ebenso würden sie eine starke Selbstheilungskraft, die Wunden um vieles schneller heilen ließ, als bei normalen Menschen, besitzen. Ihr Blutdurst sei schwächer ausgeprägt, aber ebenfalls vorhanden. Gelegentlich seien unter ihnen Gestaltwandler.

Von diesen Mutationen der menschlichen Spezies existierten weltweit ungefähr viertausend! Ihre Häuser und Treffpunkte seien an Hauswänden oder Türen durch „Vampirzeichen" gekennzeichnet, die etwa so aussehen:

„Es muss noch irgendein *Missing Link* zwischen untoten Wiedergängern, den Nosferatu und den genetischen Vampiren geben, doch bis auf ein paar unbewiesene Theorien gibt es dazu keinerlei Hinweise oder gar *Beweise*", schloss der kleine Mönch mit der Papageienstimme seinen Bericht.

Wortlos saßen wir nach diesen unglaublichen und faszinierenden Schilderungen da und nippten nachdenklich an unseren Gläsern. Ich sah die schöne Baronin stumm an, auch sie machte ein ernstes Gesicht.

„Und wo gehöre ich in diesem Stammbaum hin?", unterbrach Madame Erkenwald die sich breitmachende Stille.

Yvonne hatte ja durch einen seltsamen Zufall alle positiven Eigenschaften beider Spezies vereint: Sie alterte langsamer, war zeit ihres Lebens praktisch nie wirklich krank, hatte einige seltsame, aber zumeist recht nützliche Fähigkeiten und konnte sich rein äußerlich in eine teuflisch erregende Vampress mit spitzen Fangzähnen verwandeln.

„Nun ... äh ..., Madame", stammelte Marius verlegen, „Sie sind im Grunde ein ganz normaler Mensch mit versteckt schlummernden Eigenschaften, welche durch dieses gentechnische Experiment – dessen Opfer Sie wurden – verstärkt wurden. Ihnen fehlt zum Beispiel zur Gänze dieser den Vampiren ureigenster Blutdurst."

„Stirbt man eigentlich sofort, wenn man von einem Vampir gebissen wird?", versuchte mein Vorgesetzter mit einer sachlich gefärbten Frage das Gespräch am Laufen zu halten.

„Nein. Besser gesagt, es kommt darauf an, wo und wie der Biss gesetzt wird", nahm unser Gast seine Ausführungen wieder auf. „Ein gewöhnlicher Biss zum Zwecke des Bluttrinkens ist nicht sofort tödlich. Die Verwandlung des Opfers zum Vampir findet langsam statt und wird in einer Vollmondnacht, in der das Opfer endgültig stirbt und zum Untoten wird, mit der sogenannten Bluttaufe vollendet. Ein im Blutrausch von einem Vampir getöteter Mensch wird nur selten selbst zum Vampir."

„Bei der Bluttaufe muss das Opfer das Blut des Vampirs trinken, richtig?", frug Petra.

„Da, Doamna Piatră!", antwortete er, wobei urplötzlich sein Rumänisch durchschlug.

Es war mir jetzt schon zu viel von Blut die Rede. Ich blickte hinüber zu Yvonne. Ihr Antlitz schien dunkel, die Lippen leicht zu einem lüsternen Lächeln geöffnet und ich hatte den Eindruck, dass ihre Eckzähne länger und spitzer geworden waren.

Schweigend saß ich da und verkniff es mir, etwas zu sagen. Immer dichter umnebelten mich die dunklen Wolken meiner seltsamen Gedanken in diesem Moment.

Blutdurst! Was war mit diesem Erlebnis im Mai vor zwei Jahren, als ich im Rausch sexueller Ekstase von Yvonne heftiger als je zuvor gebissen wurde?

„Oh Gott!", entkam es meinem Mund.

Petra sah mich überrascht an und fragte: „Was hat der damit zu tun?"

„Nichts, ich war nur in Gedanken …"

Langsam dämmerte mir, dass ich in dieser Vollmondnacht auch, zwar völlig ahnungslos und in wollüstiger Umnachtung, die Bluttaufe mit dieser verführerischen Vampirfrau vollzogen hatte. War dies nur deshalb ohne ernste Folgen geblieben, weil sie ja bloß eine Halbvampirin war? Und was war mit dem fieberhaften Erlebnis am letzten Heiligen Abend, an dem ich mehr als den kleinen Tod gestorben und ebenfalls erst nach zweitägiger Bewusstlosigkeit erwacht war?

In jedem Fall aber stand ich unter ihrem Schutz, denn kein anderer Vampir konnte bis jetzt einen Biss an mir setzen, weder Gerard Legrand oder die lemurenhaften Vampire in dieser verlassenen Fabrik, noch die zauberhaft jungfräuliche Anuschka. Verlassen wollte ich mich auf diesen Schutz jedoch nicht und so trug ich bei allen meinen Aufträgen, die uns auch nur in die Nähe von Vampiren führen könnten, die silberne Walther P99 mit der speziellen Munition aus den Waffenschmieden des rumänischen Klosters Valcrui.

❉ ❉ ❉

Es wurde an diesem Abend alles gesagt, was zu sagen war. Müde verließen wir schließlich den Salon und begaben uns auf die Appartements.

„Kommen Sie mit mir!", forderte die schöne Baronin ihren Gast Bruder Marius mit lasziver Stimme auf ihr zu folgen. „Ich werde Ihnen was zeigen!"

Irgendwie hatte ich das Gefühl zu wissen, was da in der vor uns liegenden Nacht passieren würde …

Am nächsten Morgen vor dem Frühstück kam mir Bruder Marius am oberen Korridor des Westtraktes entgegen. Sein Blick schien entrückt und er zuckte leicht zusammen, als er mich sah. Sogleich beeilte sich Marius mir einen guten Morgen zu wünschen.

Yvonne war etwa einen Meter hinter ihm. Als sie an mir vorbeiging, zwinkerte sie mir unmerklich lächelnd zu.

Es war also so, wie ich es mir gedacht hatte!

Der hinter uns liegende, mit spannenden Erzählungen erfüllte Abend ließ mich fast darauf vergessen, dass Bruder Marius meinem Vorgesetzten ein Fax mit kryptischem Inhalt gesendet hatte. Beim Frühstück übermannte mich schließlich die Neugierde und ich bedrängte unseren Gast, nun endlich zu erzählen, was es mit diesem seltsamen Todesfall in Venedig auf sich hatte.

„Herr Farlander, ich muss um Nachsicht bitten", meinte Marius, „es gibt nicht viel darüber zu berichten, als dass Anfang Februar die Leiche einer jungen Frau aus einem Kanal in der Nähe der Rialto-Brücke gefischt wurde."

„Leichen werden doch sicher des Öfteren dort aus dem Wasser geholt?", fragte meine kleine Petra und gab ihrer Stimme einen unschuldig unwissenden Unterton.

„Ja …, Frau … Petra!", stammelte Marius. Man merkte, dass unser Klosterbruder im Umgang mit Frauen nicht sonderlich geübt war, und die Nacht mit unserer Madame Yvonne dürfte ihm ohnehin den Rest gegeben haben.

„Also raus mit der Sprache, Mario! Spannen Sie uns nicht länger auf die Folter!" Das war der Tonfall, den die Baronin von Erkenwald perfekt beherrschte, dem kein Mann widerstehen konnte und den ich so sehr an ihr bewunderte. Diese Dominanz dieser bewundernswert starken Frau!

„Ähm … äh …", Marius stammelte noch immer, dieses Mal mit einem Anflug von zartem Rosarot auf seinem Gesicht.

„Geschätzter Bruder Moretti!", Gerhart verlieh seiner Wortmeldung durch eine vornehme Ausdrucksweise besonderes Gewicht, „was hat es nun mit diesem Todesfall auf sich?"

„Direktor Gerhart, meine Damen, Herr Farlander, die im Februar aufgefundene Frau wurde von einem Vampir gebissen, ausgesaugt und getötet!"

Ein ähnlicher Fall

Das Wasser stand niedrig in den Kanälen, keine Spur vom berüchtigten *Acqua alta*, das schon oft den Markus-Platz überschwemmt hatte. Zwischen normaler Wasserlinie und der türkisgrau glänzenden Oberfläche, die heute gemächlich die an der Kaimauer vertäuten Gondeln schaukeln ließ, bestand sicher ein halber Meter Unterschied.

Hektisches Treiben herrschte in den Gassen, der Alltag hatte die Stadt wieder und kein Venezianer verschwendete irgendeinen Gedanken daran, was sich in einem unscheinbaren Palazzo unweit der Rialto-Brücke zur gleichen Zeit abspielte.

Das diffuse Licht der Vormittagssonne schien durch die übermannshohen Fenster des Büros, in dem die Polizeijuristin an ihrem altmodischen Schreibtisch saß.

Commissario Tonelli sah beim Eintreten nur die Silhouette der jungen Frau, deren Haar einen durch das Gegenlicht erzeugten, gold schimmernden Rand aufwies.

„Sie sehen heute sehr hübsch aus, Signorina Annabella", versuchte der Graumelierte der jungen Frau ein Kompliment zu machen, „Ihr Haar hat die goldene Färbung alter Gemälde."

Annabella setzte wieder ihr Zitronengesicht auf. „Übernehmen Sie sich nicht, Tonelli!", schnauzte sie zurück. „Ich bin für so etwas nicht anfällig. Kommen wir zur Arbeit!"

Der reife Commissario war viel zu abgeklärt, um sich von dieser barschen Zurückweisung erschrecken zu lassen und kam wieder auf dienstliche Belange zu sprechen.

„Sie wollten mich sprechen, Signorina Rascale?"

„Tonelli, sehen Sie sich das einmal an!", die Polizeijuristin fuchtelte dabei mit einer Aktenmappe aus dünnem, chamoisgelben Karton. „Wir haben hier einen Vorfall vom Oktober 2003 in einem Lagerhaus in der Industriezone von Mestre. Es gab dort eine eigenartige Schießerei … und einen Todesfall. Merkwürdig erscheint mir, dass der Tote nicht erschossen, sondern zu Tode gebissen wurde."

„Meines Wissens handelte es sich bei diesem Zwischenfall um eine externe Angelegenheit. Bundesbeamte aus Wien hatten einen Schmuggel und Kunstdiebstahl aufgeklärt. Der Fall wurde über Weisung unseres Präsidiums an die Regierung in Rom übermittelt und in Zusammenarbeit mit den österreichischen Behörden abgeschlossen", brummte Tonelli mit seiner stets ruhigen Stimme.

„Externe Angelegenheit?" Annabellas säuerliche Züge um Mund und Nase verstärkten sich.

„Glauben Sie an einen Zusammenhang mit dem Tod der jungen Connelucci?"

„Möglich wäre es", sinnierte Rascale, „wir sollten Kontakt mit den Behörden in Wien aufnehmen. Vielleicht zeigen sie sich kooperativ."

„Ich schließe mich Ihrer Meinung an, Frau Rascale. Der neue Bürgermeister Massimo Cacciari wird zusehends unruhig. Ein perverser Mörder, der mit Vampirgebiss in den Gassen sein Unwesen treibt, ist das Letzte, was wir zu Beginn der Tourismussaison brauchen können."

„Gut, Commissario", antwortete die junge Venezianerin mit entschlossener Stimme, „dann werde ich einmal Kontakt mit den zuständigen Stellen aufnehmen!"

Mit wortlosem Lächeln gaben sich die beiden die Hand und Armando Tonelli ging bedächtigen Schrittes durch die hohen Türen des alten Büros hinaus auf den Korridor, während Annabella zum Telefonhörer griff.

❆ ❆ ❆

Farlander!", hallte es durch den Korridor und Frau Herta, die gerade an der offenstehenden Tür meines Büros vorbeiging, zuckte zusammen, als sie den kräftigen Ruf unseres Chefs vernahm.

Mit flinker Handbewegung zog ich den Knopf meiner Krawatte zurecht, zog mein Sakko an und befand mich einen Augenblick später im Büro des Ermittlungsdirektors Gerhart.

„Wann waren Sie zuletzt in Venedig?"

Die scheinbar private Frage überraschte mich, denn sein kräftiger Ruf hatte mich Wichtigeres erwarten lassen.

„Nun, Herr Direktor, genau genommen am 5. Februar."

„Auch gut, aber zur Sache, Farlander!"

Mit wenigen Worten erzählte er mir, dass die venezianischen Behörden über Staatssekretär Novak, der mit Gerhart im Übrigen sehr gut befreundet war, mit dem BBE Kontakt aufgenommen haben. Der eigenartige Zwischenfall in der Nähe der Rialto-Brücke von Anfang Februar – über den Bruder Marius auf Schloss Hertzenstein berichtet habe – könne indirekt mit unseren Ermittlungen im Fall rund um den Kunstmäzen Ringhof in Zusammenhang stehen, vermuteten die dortigen Behörden.

„Kurz und gut, Farlander, Sie fahren nach Venedig! Machen Sie den Rest mit Frau Herta aus, Hotel, Anreise und den ganzen übrigen Kram."

Nachdenklich und unbewusst leicht gebückt ging ich hinaus und vereinbarte mit unserer Chefsekretärin das Nötige.

※※※

Im Gang vor meinem Büro lief mir tags darauf Langwald über den Weg.

„Hallo Farlander!", rief er mir freundlich entgegen. „Wie geht's?"

Normalerweise hasste ich diese Floskel, besonders wenn Geschäftspartner anriefen und – wie sie es im Management-Seminar gelernt hatten – diese Frage an den Beginn ihres Gespräches stellten. Ging es einem schlecht, konnte man da die Wahrheit sagen? So bestand die Antwort zumeist aus einer floskelhaften Lüge: „Danke, gut", oder: „Danke." Im Hinterkopf blieb der unausgesprochene Satz hängen: „Sie können mich mal!"

Nicht so bei meinem langjährigen Freund und Mitarbeiter, denn ihm konnte ich auch anvertrauen, wenn es mir mies ging. Und es gab Zeiten, da ging es mir sehr mies. Doch das war eine andere Geschichte.

„Hallo Krähe! Danke, bestens", lautete somit meine ehrliche und lachend vorgetragene Antwort.

„Übrigens, Farlander …", Krähe sagte immer Farlander, was mir irgendwie gefiel, denn er sprach dies cool und doch in einem sehr freundschaftlichen Tonfall aus, „… Holzbein-Zladi und Peep-Show-Zoran haben sie auch neulich verhaftet. Waren ganz dick im Drogengeschäft, die beiden."

„Ja, aber die Hintermänner waren bis dato unbekannt gewesen. Die Kripo hat bei denen mehrmals die Eingangstür eines zwielichtigen Etablissements aufgebrochen, und deren Bosse hatten die Rechnung an die Bundespolizeidirektion geschickt. So sind die Kollegen erst auf deren Spur gekommen", wusste ich aus den Akten zu berichten.

Wir lachten herzhaft und kamen gleichzeitig zur Erkenntnis, dass die besten Geschichten eben doch das Leben schrieb, wobei Langwald noch ergänzte: „Einen Fuhrpark an Luxuskarrossen hatten die, dass selbst Madame Yvonne mit ihren paar Mercedes-Limousinen daneben verblasst!"

Wir plauderten noch ein bisschen zwischen Tür und Angel, wobei ich ihm über meinen Auftrag in Venedig und den neuen Job von Petra erzählte.

„Apropos Yvonne! Ich will nicht alleine fahren", raunzte ich missmutig, „soll ich die Baronin fragen, ob sie mich begleitet?"

Krähe schmunzelte: „Nun, Yvonne wäre schon eine sehr attraktive Reisebegleitung!" Er wiegte dabei wissend den Kopf. „Du solltest aber doch Petra mitnehmen, sie ist ja schließlich deine Herzdame! Die paar Tage wird sie bei *Universal Medicals* schon abkömmlich sein."

Er hatte recht. Ja, Petra war meine ‚Herzdame'. Es war auch ein sehr schönes Wort für meine zärtliche Geliebte und ich dankte meinem Freund dafür.

Yvonne hatte allerdings von sich aus schon angedeutet, dass sie vorhatte, etwas später in Venedig zu uns zu stoßen. Offenbar fühlte auch sie unbewusst ebenfalls etwas mit dieser eigenartigen Sache zu tun zu haben.

✳ ✳ ✳

Durch die offene Terrassentür drang aus dem Garten der fröhliche Gesang der von Frühlingsgefühlen beflügelten Spatzen und Meisen. In den frisch ergrünten Büschen raschelte und zwitscherte es unentwegt und das Balzen unserer gefiederten Freunde erinnerte zeitweise mehr an kriegerische Auseinandersetzungen als an sinnliches Liebeswerben.

Petra und ich trafen indes unsere Reisevorbereitungen und nachdem wir nicht wussten, wie lange unser Aufenthalt dauern würde, packten wir schließlich zwei große Koffer. Offenbar vom Tumult im Garten angesteckt, begannen auch wir uns gegenseitig zu necken, zum Beispiel, wer mehr unnötigen Kram mitnehmen würde. Nachdem ich zwei Anzüge, einige Hemden und die üblichen Reiseutensilien im Koffer verstaut hatte, kam meine ‚Ausrüstung' an die Reihe, die neben der polierten Walther P99 mit der speziellen Munition aus einem silbernen Klappmesser, einem Leatherman-Werkzeug und zwei Leuchtdioden-Taschenlampen bestand.

Auf eine skeptische Frage meiner Partnerin, wozu man zwei Taschenlampen brauche, erklärte ich, dass die eine helles, reinweißes Licht ausstrahlte und die kleinere blau leuchtete – perfekt für Einsätze in dunklen Räumen, weil das Licht von außen nicht so leicht wahrgenommen würde. Außerdem habe ihr Diodenlicht einen sehr hohen UV-Anteil, der sich nicht nur zum Prüfen von Euro-Banknoten bestens bewährte.

Petra konnte ich hingegen überzeugen, nachdem sie zwei Hosenanzüge, drei Kostüme, eine schwarze Hose und ihre legere, schwarze Nappalederjacke zu ihrer – zugegebenermaßen verführerischen – Unterwäsche in den Koffer gestopft hatte, zwei Paar Schuhe weniger mitzunehmen. Was mir aber nur mit dem gleichzeitigen Versprechen gelang, ihr das eine oder andere Paar bei einem romantischen Shoppingnachmittag zu spendieren.

„Ich habe wirklich großes Glück, Nohan …" Meine Geliebte hatte sich ganz eng an mich gepresst.

„Was meinst du?", gab ich mich ahnungslos.

„… dass du meine Schwäche für Schuhe so akzeptierst! Manche Männer haben ja da weniger Verständnis."

„Du wirst mich zwar einmal mehr als oberflächlichen Macho bezeichnen, doch ich finde hübsche Schuhe an hübschen Damenbeinen einfach sexy, und …"

Sie hielt ihren schlanken Zeigefinger an meine Lippen, gleich einem sanften Zwang, den Mund zu halten.

Petra trug zu ihren glänzenden Leggings ein weit über die Schultern bis tief ins Dekolleté ausgeschnittenes, eng sich an ihren zarten Körper anschmiegendes T-Shirt.

„Das Top musst du auch noch mitnehmen", flüsterte ich zärtlich in ihr rechtes Ohr, „in Venedig ist es wärmer als hier bei uns." Schmunzelnd fügte ich noch hinzu: „Falls du noch Platz im Koffer hast."

„Du kannst manches Mal so blöd sein!", schimpfte sie mit gerunzelter Stirn und zusammengekniffenen Augen, wobei ihre kleinen Fäuste mit gespielter Wut an meine Brust trommelten. Mit sanftem Druck presste ich meine Geliebte wieder an mich, fasste mit meiner Rechten unter ihr Haar und massierte ihren Nacken. Nach einem lang gezogenen Seufzer folgte ein noch länger dauernder, zärtlicher Kuss.

Unser Mann in Venedig

Als ich einige Kilometer nach Carnia gelangweilt aus dem Zugfenster blickte und mir plötzlich das unendlich breite, ausgetrocknete Flussbett des Tagliamento – über das uns die lange Eisenbahnbrücke führte – ins Auge stach, fiel mir unser Besuch beim Karneval vor mehreren Wochen wieder ein. Damals kamen mir die von der strahlenden Sonne beschienenen braunen Obst- und Weingärten im Vergleich zur weißen Winterlandschaft in unseren Breiten schon wie das Frühjahr vor. Jetzt strahlte alles in sattem Grün, dazwischen die weißen oder zartrosa Blüten der Obstbäume.

Ich erzählte Petra und Marius über meine früheren Bahnreisen nach Italien mit Jugendfreunden im Sitzwagen zweiter Klasse. War man damals auf dieser Nachtfahrt endlich eingeschlafen, war der in Villach neu zugestiegene Schaffner gekommen. Kaum hatte sich einer von uns aufgerappelt gehabt das Licht abzudrehen, hatte es geheißen: „Passkontrolle!" Nach dem üblichen hektischen Treiben im alten Tarviser Zentralbahnhof, wo auch zu nächtlicher Stunde in die Lautsprecher gebrüllt worden war, hatte einem das italienische „Passaporti, per favore!" entgegengetönt. Hatten wir endlich wieder unsere Beine beim Sitznachbarn gegenüber verstaut gehabt (dabei Bedacht nehmend, die gegenseitige Geruchsbelästigung hintanzuhalten), waren kurz darauf vom nun Dienst habenden italienischen Schaffner die ‚Biglietti' kontrolliert worden. Das Ganze hatte eine Stunde Schlaf gekostet. In Venedig war man dann um sechs Uhr früh wie gerädert gewesen! Wie treffend!

Bruder Marius zerkugelte sich über meine launischen Schilderungen, sich das verschlafene Gewusel im Abteil vorstellend: das Kramen nach den Pässen oder den Fahrkarten, die zusammengekniffenen Augen, jedes Mal, wenn neuerlich vom Schaffner oder Zöllner das Licht im Abteil aufgedreht worden war.

„Du solltest dir gelegentlich neue Geschichten einfallen lassen!", merkte Petra an – in ihrer schnippischen Art, die ich so an ihr liebte.

„Nicht doch, Frau Petra", nahm mich Bruder Marius in Schutz, „Nohan liebt Sie doch, seien Sie nicht so streng mit ihm!" Er setzte dabei einen treuherzigen Blick auf.

Petra lächelte: „Na ja, gelegentlich muss man ihn schon im Zaum halten. Sonst wird er zu übermütig …"

Bei diesen Worten machte nun sie ein unschuldig liebevolles Gesicht, sodass ich ihr ein Mal mehr nicht wirklich böse sein konnte.

❋❋❋

Aus den Lautsprechern auf dem Bahnsteig tönte die melodiöse Stimme der italienischen Zugansagerin, wobei ich aufgrund ihrer perfekt deutlichen Aussprache jedes Wort verstand. Meine Aufmerksamkeit wurde allerdings durch sechs Stewardessen abgelenkt, die soeben zu einem Nahverkehrszug eilten. Eine anerkennende Bemerkung zu diesen elegant gekleideten und hübschen Frauen meinerseits quittierte Petra mit der Bemerkung, dass ich ein unmöglicher Triebtäter wäre und mich nicht einmal in Gegenwart eines Mannes des Glaubens beherrschen könnte. Die Entgegnung, dass mir Frauen im distinguierten Businesskostüm oder auch so ähnlich geschnittenen Uniformen besonders gut gefielen, wirkte vermutlich nicht sonderlich glaubwürdig, und von der

Hoffnungslosigkeit meiner Argumentation überzeugt, warf ich einen um Mitleid heischenden Blick in Richtung unseres klerikalen Begleiters.

Petra blieb eingeschnappt oder tat zumindest so.

Wortlos schleppten wir nun unser Gepäck in Richtung Ausgang.

„Signore Farlando, bitte zum Informationsschalter! Signore Farlando, per favore!", kreischte es dumpf aus den Lautsprechern der Bahnhofshalle.

„Wir werden erwartet!", entkam es Marius und seine krächzende Stimme überschlug sich erwartungsvoll.

An der Information begrüßte uns ein eleganter Herr mit grau melierten Haaren, kurz rasiertem Vollbart und dunkelblauem Trenchcoat. Unter seinem linken Arm hatte er den *Corriere Della Sera* eingeklemmt.

„Mein Name ist Armando Tonelli", begrüßte er uns in gebrochenem Deutsch, „ich bin Commissario der Polizei von Venedig und wollte Sie persönlich hier abholen. Hatten Sie eine angenehme Reise?"

Nach der üblichen höflichen Vorstellungsrunde und ein paar Worten Small-Talk begleitete Tonelli uns hinaus auf den Vorplatz. Auch heute strahlte wieder die Sonne und bereitete uns einen glanzvollen Empfang. Das Treiben war hier scheinbar zu jeder Jahreszeit gewaltig und nur wenig war davon zu merken, dass die Hochsaison des Tourismus noch nicht begonnen hatte. Auf den Vaporetti drängten sich die Menschen, Lastkähne und die so typischen braunen Motorboote fuhren kreuz und quer über das schmutzig türkisgrüne Wasser des Canale Grande.

„Wir erwarten Sie morgen um zehn Uhr", sagte Commissario Tonelli und steckte mir einen Zettel mit der Adresse und einer Lageskizze zu.

„Signorina Rascale ist Juristin und arbeitet für das Forensische Institut in Mestre", erläuterte der korrekte Polizist. „Sie führt die Ermittlungen und hat auch mit Ihren Behörden Kontakt aufgenommen."

Unser Mann in Venedig war also eine Frau! Sollte ich versuchen sie mir schon jetzt vorzustellen? Signorina nannte er sie. Also eine junge Frau, vermutlich. Hübsch? Möglich, nein hoffentlich!

Petra las meinen Gesichtsausdruck.

„Können wir jetzt?", fragte sie, nicht ohne einen provokanten Unterton.

Tonelli deutete auf Petras Koffer: „Permesso, signorina, la valigia!"

„Grazie!", hauchte meine Partnerin und ließ sich das schwere Ding abnehmen.

‚Albergo Santa Lucia' hieß das kleine Hotel in einer der schmalen Calli, wie die Gässchen hier heißen, unweit des gleichnamigen Bahnhofes gelegen. Commissario Tonelli erledigte unsere Anmeldeformalitäten.

An der Rezeption stand ein älterer, schlanker Mann in einer abgetragenen grünen Strickweste. Eine ebenfalls ältere, etwas matronenhafte Frau in blauem Arbeitsmantel, mit schwarz gefärbten Haaren und den typisch südländisch großen Augen kehrte gerade mit einem ausgefransten Besen den Empfangsbereich, wo zwei runde Tischchen und dazu je zwei Polstersessel standen, deren weinroter Samtbezug schon etwas abgesessen war.

Der Mann rief der Frau etwas zu, wobei er die Zimmerschlüssel vor seinem Gesicht schwenkte. Wortlos nahm sie ihm die Schlüssel aus der Hand und sagte zu uns gewandt: „Andiamo!"

Wir verabschiedeten uns vom Commissario und folgten der Frau in den ersten Stock. Der abgewohnte Eindruck setzte sich im Flur und auf den Zimmern fort, hatte aber irgendwie etwas Gemütliches an sich und verströmte ein wenig morbides und somit typisch venezianisches Flair.

Das warme Licht des Nachmittags warf im Zimmer kontrastreiche Schatten, das altmodische Bett knarrte und ächzte, als wir unsere Koffer darauf ablegten.

Drei Anzüge hatte ich mitgenommen, zwei davon waren dunkelgrau im Farbton, dazu den sandbraunen Sommeranzug. Ich hängte sie in den klapprigen Kleiderkasten, der, genau wie das Doppelbett, von undefinierbarem Stil – eine

Mischung aus Biedermeier und Jugendstil – war, außen in dunklem Schwarzbraun, innen naturbelassenes Holz.

„Es ist so schön draußen, gehen wir noch spazieren?", flötete Petra und machte dabei die unschuldigen Kulleraugen eines kleinen Mädchens.

„Einverstanden. Ich sage nur Bruder Marius Bescheid."

Petra zog eine moderne Hose in Schwarz an, mit einem Bauch-frei-Top und dem lässig-leichten, ebenfalls schwarzen Lederblouson, dazu schwarze Schuhe mit schlanken Absätzen. Ich wählte den hellbraunen Anzug, mit weißem Hemd, ohne Krawatte. Mit den dunklen Sonnenbrillen von Ray-Ban sah ich schon fast wie ein Italiener aus. Vermutlich gaben wir ein hübsches Paar ab: der etwas ältere Herr in der Blüte seiner Midlife-Crisis mit der deutlich jüngeren, schlanken Geliebten.

Die alte Italienerin, die jetzt hinter dem abgegriffenen Pult der Rezeption stand, setzte ein zuckersüßes Lächeln auf, winkte uns nach und quetschte ein wohlwollendes „Bellissimi!" durch die Lippen, als wir das Hotel verließen.

❊ ❊ ❊

In der tief stehenden Abendsonne leuchtete das frische Grün der gelegentlich auf dem einen oder anderen kleinen Platz stehenden Bäume. Blüten auf brüchigen und rissigen Mauern, hinter denen sich so mancher kleine Garten zu verstecken schien, strahlten in den pastellenen Farben des Frühlings.

Elegante Boutiquen wechselten mit Souvenirläden, nur wenige Geschäfte schienen noch den Venezianern für alltägliche Bedürfnisse vorbehalten zu sein. Hie und da eine Pasticceria, aus kleinen Lebensmittelgeschäften duftete der trockene Prosciutto vermischt mit dem typischen Geruch der Panini. Genießerisch hielt ich meine Nase in die schwere, warme Luft der Lagunenstadt.

Ein freier Tisch einer kleinen Cafeteria am Ufer des Canale Grande, unweit der Rialto-Brücke, lud uns zum Platznehmen ein. Turbulentes Treiben herrschte am Wasser. Ein Vaporetto legte soeben an, Gondoliere stocherten mit ihren langen Rudern im Wasser herum, Taxiboote gaben sich Mühe, große Wellen zu vermeiden, die geeignet wären, die schmalen Gondeln zum Kentern zu bringen. Neben dem Lokal stand einer der unzähligen Laienkünstler dieser Stadt, die abwechselnd die Stadt oder deren Besucher porträitierten. Manches Bild zeigte beides. „Venedig und ich." Einige Ansichten, besonders die Aquarelle, waren ganz nett. Irgendwie sahen aber doch alle gleich aus.

„Due Martini e una bottiglia acqua minerale, Signori!"
Der Cameriere stellte die breiten, trichterförmigen Gläser, zuerst das von Petra, dann meines, auf den Tisch, dazu die Flasche mit *San Pellegrino*.
„Grazie!", antwortete ich.
„Prego."
Mit Daumen und Zeigefinger meiner linken Hand umfasste ich den breiten Rand des Martiniglases, führte es in die Nähe meiner Nase, um den Duft des Wermuts zu schnuppern, dann hob ich es sanft in Richtung meiner bezaubernden Geliebten und Partnerin und meinte: „Auf uns, ... und auf einen angenehmen Aufenthalt."
„Danke, mein Schatz", erwiderte sie mit liebevollem Lächeln.
„Ach", seufzte ich, „Venezia! Ich liebe diese Stadt!"
Die untergehende Frühlingssonne hatte nicht nur die Luft, sondern auch mein Herz nach diesem langen, grässlichen Winter gewärmt.
„Magst du noch einen Cappuccino?"
„Nein danke. Ich kann dann nicht schlafen", schlug Petra mein Angebot aus.

Die Sonne versteckte sich bereits hinter den hohen Palazzi, als wir gemütlich zum Hotel zurückschlenderten. Bloß die ziegelroten Dächer waren noch beschienen und das eine oder andere leuchtete in satten Farben.
„Die beiden Cappuccini waren köstlich!", schwärmte Petra, die sich bei mir eingehängt hatte und mich von einer Auslage zur nächsten drängte. Ich lächelte sanft und küsste sie liebevoll auf den Kopf. Sie hatte schönes, weiches Haar,

das sie zurzeit in einem unaufdringlichen kastanienbraunen Farbton koloriert hatte, was gut zu den leicht erdigen Nuancen ihres dezenten Make-ups passte. Ich betrachtete sie mit verklärtem Blick, während sie intensiv die Auslage einer sündteuren Boutique in Augenschein nahm. *Occasione* stand auf dem Preisschild einer zerfranst aussehenden Bluse. Der Preis von 599 Euro war durchgestrichen und darunter stand *299,–*.

Den Satz, „Ich würde für diesen Fetzen nicht einmal neunundzwanzig Euro ausgeben!", ließ ich lieber unausgesprochen.

Ausgelaugt von der Reise und mit schweren Beinen von unserem ausgiebigen Nachmittagsspaziergang beschlossen wir früh zu Bett zu gehen.

Frisch geduscht und nur mit Boxershorts bekleidet lag ich im Bett und betrachtete unser Hotelzimmer, als Petra mit elegantem Hüftschwung aus dem Bad kam. Sie hatte auch nicht viel an. Ehrlich gesagt, bloß offene, weiße Hausschuhe mit hohen Absätzen und neckischer Quaste über den Zehen! Sie war nur leicht abgetrocknet und gelegentlich blitzte im fahlen Licht der Nachttischlampen ein Wassertröpfchen auf ihrer Haut.

„Na? Schon müde?", fragte sie in aufreizendem Tonfall und kam mit schmalen Schritten langsam näher.

„Äh ... eigentlich ...", stammelte ich irritiert, während sich Petra auf mich setzte.

Meine Geliebte beugte sich über mich und ihre nassen Haare kitzelten mein Gesicht. Unsere zärtlichen Küsse wurden leidenschaftlicher und ich berührte vorsichtig ihre Taille, streichelte die feuchte, glatte Haut. Es blieb nicht beim Küssen.

Endgültig erschöpft kuschelten wir uns danach unter die weißen Leintücher, darüber – wie in Italien üblich – die kratzigen Wolldecken, die im Winter sicher nicht wärmten.

„Gute Nacht!", flüsterte ich, nachdem ich das gelbliche Licht der Lampen auf den Nachtkästchen ausgeknipst hatte, doch Petra gab schon leise, schnarchende Geräusche von sich. Von wegen Cappuccino und nicht schlafen können!

Palazzo

Mürrisch krabbelten wir am nächsten Morgen um acht aus den Federn. Nein, Federn waren es ja keine, sondern nur dünne Decken, die in den noch kühlen Nächten nur bescheidene Gemütlichkeit aufkommen ließen.

Bruder Marius saß wohlgelaunt und ausgeschlafen im kleinen Frühstücksraum des Hotels und winkte freudig, als wir eintraten. Auch hier war es ein wenig altmodisch, an den mit barockgemusterten Tapeten beklebten Wänden hingen die hier so typischen gläsernen Leuchter aus Murano, die Tische waren weiß gedeckt und das Geschirr und Besteck blitzsauber.

„Hatten Sie gestern noch einen angenehmen Abend?", fragte Marius unschuldig, offenbar bemüht Konversation zu machen.

Petra verstand diese Bemerkung irgendwie anders, als sie gemeint war, und errötete leicht, entgegen ihrer sonstigen Art, was nun auch mich stutzig machte. Die Betten knarrten ja wirklich und das Zimmer unseres Begleiters lag direkt neben unserem.

„Hat man etwas gehört?" fragte ich unsicher.

Marius kniff die Augen sowie den Mund zusammen und schüttelte wortlos lächelnd den Kopf. Natürlich hatte er etwas gehört, aber er war ja nicht nur Mönch, sondern auch ein Mann, und er wusste, was die Anziehung zwischen den Geschlechtern letztendlich ausmachte. Er wusste es nur zu gut, denn ein unvorsichtiges Abenteuer hatte ihm den Job im entlegenen rumänischen Kloster Valcrui eingebracht.

Schließlich blickten wir drei uns gegenseitig an und mussten herzhaft lachen. Wir mochten diesen kleinen Mann in der braunen Kutte, mit den roten Haaren und der krächzenden Papageienstimme und waren froh, dass er uns bei diesem Abenteuer zur Seite stehen würde.

Unser Hotel – es war ja im Grunde ‚nur' ein Albergo – machte einen venezianisch-verblassten Eindruck, aber die Räume und die Wäsche gaben keinen Grund zur Klage und das Frühstück war perfekt. Vollmundiger Kaffee, frisches Gebäck, dazu Schinken, Käse und Marmelade, eben alles, was für einen guten Start in den Tag vonnöten war, sogar eine Flasche mit Mineralwasser, das einen angenehmen, leicht salzigen Beigeschmack hatte.

Gegen halb zehn verließen wir das Hotel und begaben uns zur angegebenen Adresse. In der schmalen Gasse, in der das Albergo Santa Lucia lag, wehte kühler, leichter Wind und der Himmel war bedeckt. Das Büro unserer Kontaktperson, der Polizeijuristin Annabella Rascale, lag in einer Dependance der Questura, des Polizeipräsidiums von Venedig.

Wo es lag? Irgendwo an einem Kanal im Sestriere Castello, zwischen Rialto und Arsenal. Ohne die Wegskizze wären wir dort nie angekommen.

San Moise, Rialto, Teatro La Fenice, Ca Rezzonico, Zattere. Alles nur Namen auf dem Stadtplan, ohne den ich mich in Venedig heillos verirren würde. Die gelben Tafeln mit den Aufschriften *per Rialto, per San Marco* oder *alla Ferrovia und Piazzale Roma* waren oftmals die letzten Rettungsanker in den verwinkelten Calli, und schon so manche Abkürzung hatte sich als Rundwanderung herausgestellt.

Hartnäckig hielt sich auch jene Geschichte, wo unbedarften Touristen angeblich Schnittmusterbögen als Landkarten verkauft worden waren. Ebenso hartnäckig, jedoch um einiges glaubwürdiger war das Gerücht, dass bis zum heutigen Tag kein gültiger Stadtplan von Venedig existiere. Doch Tonelli versicherte mir, dass es sehr wohl solche Stadtpläne gebe, aufgrund ihres Umfanges seien sie für touristische Zwecke aber eher ungeeignet. Egal.

Das Büro befand sich in einem Gebäude, an dem die Grenze zwischen Palazzo und einem gewöhnlichen venezianischen Stadthaus nicht genau auszumachen war. Es war aber sicher keines jener Stadthäuser, die vom Zustand her schon eher an altrömische Insulae erinnerten und bei flüchtigem Hinsehen nurmehr durch das ausgesinterte Meersalz unter den mit Moos bewachsenen Ritzen zusammengehalten wurden.

Der Palazzo war in schlichtem Stil mit venezianischen Spitzbogenfenstern an der Wasserseite und einem unscheinbaren Eingang, der seitlich an einem kleinen Platz lag. Wir gingen durch das Tor und fanden uns in einem winzigen Innenhof wieder, in dem eine Treppe, die fast den ganzen freien Raum beanspruchte, in die obere Etage führte, wo ein Säulengang um alle vier Seiten lief. Die Wände machten einen schäbigen Eindruck, an manchen Stellen war der Verputz abgebröckelt und die darunter zum Vorschein kommenden Ziegelmauern fingen ebenfalls bereits an zu verwittern und abzusplittern.

Der Erste, der am Treppenansatz ankam, war ich. Bedächtig strich ich über die Krawatte unter meinem offenen Sakko des dunklen Anzuges. Hinten im Gürtelholster steckte meine silberne P99, denn ich wollte ab sofort vorbereitet sein, falls es unvermutet losgehen sollte.

Langsam stiegen wir die Stufen hinauf, bogen nach rechts in den Säulengang ein und erreichten nach wenigen Schritten die angegebene Türnummer 105. Ohne anzuklopfen traten Petra, Marius und ich ein.

„Buon Giorno!", grüßte ich laut aber dennoch etwas unsicher.

In einem für meine Begriffe pompösen Raum, mit dunklen Holzvertäfelungen, schwülstigen Gemälden, einem Kristallluster aus Murano und schnörkeligen Möbeln, saß ein junger Mann an einem Schreibtisch und sah uns erstaunt an. An einem der beiden Fenster stand ein zweiter Mann, den ich durch das Gegenlicht nicht sofort erkannte.

Der Sitzende stand auf, kam auf uns zu und fragte höflich, fast ein wenig schleimend: „Buon Giorno. Prego, Signori?"

Der am Fenster Stehende drehte sich um und nun erkannte ich Commissario Armando Tonelli.

„Signore Farlander, Buon Giorno!", begrüßte er uns nahezu überschwänglich. „Signorina Rascale erwartet uns bereits."

Er wies auf die rechte der einander gegenüberliegenden Türen. Ich ging voraus, klopfte an und drückte die schwere Messingklinke des großen Türflügels nieder. Langsam traten wir ein.

„Permesso?", fragte ich höflich.

„Si?"

Vis à vis von mir saß eine junge, energisch wirkende Frau. Tonelli stellte uns vor und Annabella dämpfte eine Zigarette aus, erhob sich, ging um den Tisch und streckte zuerst Petra die Hand entgegen. Die junge Frau musterte meine Partnerin, die genau wie Frau Rascale ein dunkelblaues Business-Kostüm anhatte Annabella lächelte Petra an, verführerisch wie mir schien. Dann gab sie Bruder Marius die Hand, der ein paar Worte auf Italienisch erwiderte. Mir gegenüber tat sie so, als wäre ich gar nicht im Raum.

„Mein Name ist Farlander, Nohan Farlander und ich arbeite für die österreichische Regierung", ergriff ich nun die Initiative und streckte ihr auffordernd meine rechte Hand entgegen.

„Sie überschätzen Ihre Wirkung auf Frauen, Signore Farlando!"

Annabella funkelte mich mit ihren südländisch dunklen Augen an. Sie hatte das attraktive Gesicht einer jungen Römerin mit leichtem Silberblick und markanten, gerade gezeichneten Augenbrauen, und es bedurfte keiner weiteren Beschreibung. Ihre ungezwungen herabhängenden Haare wirkten unfrisiert und waren mit farbigen Strähnen, von goldgelb in allen Schattierungen bis fast hin zu schwarz, durchzogen.

„Dann kommen wir doch gleich zur Sache!", meinte sie kurz angebunden und setzte sich wieder hinter ihren Schreibtisch.

Auch wir nahmen Platz und saßen nun für ein paar Sekunden wortlos einander gegenüber.

„Warum haben Sie uns herkommen lassen?", begann ich das Gespräch.

„Nun, die Sache ist die", Annabella druckste herum und es war ihr offenbar unangenehm, über die Dinge zu sprechen, weswegen wir tatsächlich hier waren, „es gab Anfang Februar einen Todesfall, einen Mord, der eigenartig war. Eine junge Frau wurde tot aufgefunden, an ihrem Hals fanden wir Bissspuren und es fehlten ihr fast drei Liter Blut."

Ich gab mich ahnungslos: „Und was haben wir mit der Sache zu tun?"

„Sie waren im Oktober 2003 in eine Schießerei in einem Lagerhaus von Mestre verwickelt, wo ein Mann starb.

Allerdings steht im Obduktionsbericht, dass er im Bereich der Halsschlagader eine tiefe Bissverletzung aufwies."

Die Polizeijuristin war gut informiert.

„Ich glaube nicht, dass der Tod von Marco Maletti im Zusammenhang mit dem dieser …, wie sagten Sie?"

„Mariella Connelucci."

„… Mariella Connelucci steht", meinte ich skeptisch.

„Möglich wäre es", warf Bruder Marius ein.

Fassungslos sah ich ihn an, weil ich nicht wusste, was er damit sagen wollte.

„Ich erkläre es Ihnen später!"

„Sie wissen aber", dabei blickte Annabella, selbstbewusst zurückgelehnt, in die Runde, „wer Maletti zu Tode gebissen hat."

Nun war es an mir, mich provokant zurückzulehnen – und zu schweigen. Natürlich wusste ich, wer Maletti getötet hatte, doch genauso wenig war ich bereit, darüber Auskunft zu geben. Überdies wusste ich, dass diese Person zum damaligen Zeitpunkt nicht in Venedig gewesen war. Aber was hatte unser Mönch gemeint?

Annabella Rascale blätterte in den Akten und gab noch einige Details über Maletti bekannt: „Marco Maletti, geboren am 17. September 1961 in Salerno; Kleinkrimineller; arbeitete sich bei der Camorra in Neapel hoch; machte sich mit Drogenhandel und Prostitution quasi selbstständig. Mitte der Achtziger-Jahre stieg er in Shanghai groß ins Schmuggelgeschäft ein und spezialisierte sich auf den illegalen Handel mit gestohlenen Kunstgütern."

„Und wann heiratete er diese platinblonde Schlampe Nicole?", mischte sich nun auch Petra in das Gespräch ein.

„Si, Nicole Maletti", nickte Signorina Rascale, „derzeitiger Wohnsitz ist das Staatsgefängnis in Holland. Geboren 1970 in Deutschland; begann mit fünfzehn als Aktmodell; besuchte die Akademie für bildende Künste in Wien; hielt sich dann in unterschiedlichen Kreisen der Kunstszene auf; setzt skrupellos ihr attraktives Äußeres ein. Sie steht im Verdacht, einige ihrer Liebhaber ermordet zu haben, doch konnte das nie bewiesen werden. Heiratete 1993 den

,Kunsthändler' Maletti und wird nach dessen Verschwinden neuerlich des Mordes verdächtigt."

„Ich glaube, dass uns das hier nicht weiterbringt!", warf ich etwas genervt ein. „Was können Sie mir über den Tod von Signorina Connelucci erzählen?"

„Die Todesursache kennen Sie", ergriff nun Tonelli mit seiner Bassstimme das Wort, „ihre Leiche wurde in den frühen Morgenstunden des dritten Februar im *Rio San Zulian* gefunden. Der einzige Hinweis ist ein geheimnisvoll gekleideter Mann, den Zeugen als ,Phantom der Oper' beschrieben, weil er eine halbseitige, weiße Maske trug, was zur Zeit des Karnevals jedoch nicht sonderlich auffiel. Er wurde mehrmals in der *Trattoria Cavallo Bianco* gesehen."

„Dann schlage ich vor, dass wir uns bei einem gepflegten Abendessen ein wenig besser kennenlernen!", warf ich ein.

„Im *Cavallo Bianco*?", fragte Petra in gespielt ahnungslosem Unterton.

„Perfetto!", willigte Tonelli in unseren Vorschlag ein. „Ich werde gleich einen Tisch reservieren."

Nur Annabella machte ein säuerliches Gesicht.

❊❊❊

Der Nachmittag war lähmend und vor allem teuer! Sie waren ja exquisit, die Geschäfte in der Umgebung des Markusplatzes. Feinste Lederwaren, teure Kleider für Damen und elegante Mode für Herren waren hier zu finden. Armani, DKNY, Dolce & Gabbana, Hilfiger, Hugo Boss, JOOP, Louis Vuitton, Versace, Yves Saint Laurent und viele andere mehr, deren Aufzählung alleine eine Seite füllen könnte.

Ja, und Gucci! Petra hatte eine ausgeprägte Schwäche für Schuhe dieses Labels. Nach endlosen Anproben und Abwägen des Preis-Leistungsverhältnisses entschied sie sich für schlichte Pumps aus hellbraunem, mattem Leder mit modernen, hohen Absätzen. (Der Mantel des Schweigens, den ich über den Preis der Schuhe breitete, stammte übrigens von Lagerfeld.) Das zweite Paar, das ich ihr spendierte, waren einfache Riemchen-Schuhe deren hervorstechendstes Merkmal vornehmes Understatement war und die erst an heißen Tagen ihre Ausgehpremiere feiern würden.

Die schwache Straßenbeleuchtung tauchte die abendliche Stadt in diskretes Licht. Donna Leon verglich in ihren Büchern über Commissario Brunetti die Stadt mit einer alten Dame, deren Falten in nächtlicher Dunkelheit nicht mehr zu sehen seien, und somit allein die Fantasie im Auge des Betrachters es sei, die ihre einstmalige Schönheit wieder zum Leben erwecke. Es gab aber durchaus ältere Damen, wie *ich* fand, die auch heute noch attraktiv waren – trotz ihrer Falten.

Petra hatte sich bei mir eingehakt, an ihrer anderen Seite trottete Marius neben uns her. Petra trug wieder ein dunkles Kostüm mit kurzem Rock, der über dem Knie endete. Ihre neuen Gucci-Pumps kamen durch die hautfarbenen, glänzenden Strümpfe perfekt zur Geltung.

Wir trafen etwas vor der vereinbarten Zeit bei der Trattoria ein. Trattoria in Venedig hieß bei den meisten Lokalen bereits gehobenes Ambiente. Auch das *Cavallo Bianco* war keine abgetakelte Spelunke, sondern ein gediegenes Lokal, in dem natürlich auch das Gedeck separat in Rechnung gestellt wurde.

„Hier waren wir doch schon einmal", meinte Petra skeptisch und ich konnte das bestätigen: „Ja, und zwar am fünften Februar. Und ich erinnere mich jetzt auch an das Paar, das uns beide zu einem neckischen Wortwechsel verleitete. Es saß dort hinten am Tisch."

„Ich erinnere mich jetzt auch wieder", bestätigte Petra, „und ich wette, dass es unsere beiden Polizeibeamten waren."

In diesem hinteren Bereich des Lokals, welcher obendrein nicht besonders hell beleuchtet war, saß ein ganz in Schwarz gekleideter Mann, den wir aber nicht weiter beachteten.

Nachdem wir vorerst nur einen Aperitif bestellt hatten, wollte ich von Marius etwas über den von ihm angedeuteten Zusammenhang zwischen Marco Maletti und dem Tod der jungen Venezianerin wissen.

„Was ich über den Fall bis jetzt weiß, veranlasst mich dazu anzunehmen, dass die Baronin Maletti gebissen hat, habe ich recht?"

Stumm nickend bestätigte ich die Vermutung des quirligen, aber klugen Mönches.

„Vielleicht hat ihn das zu einem Vampir gemacht."

„Und er ist demnach der Täter?", fragte ich skeptisch.

„Möglich", gab sich Marius wortkarg.

„Doch nicht nur Nohan, sondern auch ich wurden schon von Yvonne gebissen, und wir wurden auch nicht zu Vampiren.

Doktor Sonja Grea hat uns dahingehend genauestens untersucht", antwortete Petra.

„Aber Sie beide sind nicht getötet worden!", erwiderte Marius. „Daher auch keine Verwandlung. Aber bitte – alles nur reine Spekulation, keine Beweise."

„Aber immerhin ein Ansatz", sinnierte ich.

Unsere beiden venezianischen ‚Kollegen' waren inzwischen auch eingetroffen. Als wir unsere Bestellungen abgaben, kam mir der weiße Tokaier aus Friaul wieder in den Sinn, und Armando gratulierte mir zu meinem Geschmack. Der Cameriere entkorkte mit gekonntem Griff die Flasche und reichte natürlich dem Italiener Tonelli den ersten Schluck.

Mit einladender Bewegung gab der elegante Commissario das Glas zu mir weiter und ich begutachtete mit Kennerblick die Konsistenz des klaren Weines an der Innenwand des Glases. Danach versuchte ich das zarte Bouquet zu erschnuppern und nahm abschließend den prüfenden Schluck. Anerkennend nickte ich dem Kellner zu, was diesem ein schmalziges Lächeln ins Gesicht zauberte, und der Reihe nach befüllte er unsere Gläser.

Während des Essens besprachen wir nochmals den aktuellen Fall, wobei Annabella nach wie vor nicht sonderlich erbaut erschien, dass es in dieser Angelegenheit angeblich um Vampire ging, und das, obwohl auch der Gerichtsmediziner Bufoni von Vampirismus gesprochen und dies sogar in seinem Gutachten vermerkt hatte.

So richtig konnte ich die Verbindung zu Maletti, der nunmehr seit fast zwei Jahren tot war, nicht glauben, doch ich wurde im nächsten Augenblick eines Besseren belehrt.

Campanile

Im Augenwinkel sah ich einen ganz in Schwarz gekleideten Mann mit blassem, eingefallenem, ja nahezu lemurenhaftem Gesicht an unserem Tisch vorbeigehen. Trotzdem erkannte ich ihn im gleichen Moment.

„Maletti!", rief ich erschrocken aus. „Das war Marco Maletti! Ich glaube es einfach nicht!"

Mit ungestümem Satz sprang ich auf, sodass mein Stuhl umfiel und der Lärm die indignierten Blicke einiger Gäste auf uns zog.

„Cameriere! Il conto per favore. Subito!"

Hektisch winkte ich bei diesen Worten mit meinem rechten Arm, während mein linker zur Tür zeigte, aus der Maletti gerade verschwand. Petra und Marius sahen einander fragend an.

„Wir müssen ihm nach!", und zu Tonelli und Rascale, die mit offenem Mund dasaßen, legte ich eine Hundert-Euro-Banknote auf den Tisch und erklärte: „Bezahlen Sie bitte die Rechnung. Sie sind eingeladen – auf Kosten des österreichischen Steuerzahlers!"

„Ich komme mit!", meinte die junge Polizeijuristin und stand mit energischer Bewegung auf.

Hektisch verließen wir das Lokal, während Tonelli in aller Ruhe die Rechnung beglich und sich noch einen Grappa bestellte.

Wir nahmen die Verfolgung auf. Maletti hatte schon einen großen Vorsprung, war aber noch immer zu sehen. Er konnte aber nicht entkommen, nur eine Brücke war in Sicht, etwas weiter vorne schien sich der Kanal, an dem wir entlangliefen, mit einem anderen zu kreuzen. Wir rannten durch unbeleuchtete Arkaden, ein Liebespärchen, das sich schmusend in eine Nische gedrängt hatte, schreckte kreischend auf.

„Passt auf die Brücke auf!", rief ich, doch Maletti ließ sie im wahrsten Sinne des Wortes links liegen. Er lief weiter und verschwand rechts um die Ecke, an der Kreuzung der beiden Rios.

Als *wir* um die Ecke kamen, fanden wir uns in einer Sackgasse wieder. Links war Wasser, vor und rechts von uns mehrere Stockwerke hohe Ziegelwände. *FORZA ITALIANA* prangte mit weißer Farbe hingeschmiert vor uns an der Wand, darunter stand *Elisa Ti Amo*.

Und er war verschwunden.

„Hier sind wir richtig!", flüsterte Marius und zeigte auf einen zur Seite geschobenen Kanaldeckel, auf dem neben dem Wappen der Gemeinde von Venedig auch noch ein anderes, in das Metall gekratztes Symbol, etwa fünf Zentimeter groß, zu erkennen war.

„Was ist das für ein Zeichen?", für Annabella war alles neu und unheimlich. „Sieht aus wie ein kleines Männchen."

„Das ist kein Männchen, das ist ein Ankh", erklärte ich Annabella.

„Come? Ein Ankh?"

„Ja, das Henkelkreuz der alten Ägypter – lateinisch: crux ansata", erläuterte Bruder Marius, wobei er mit dem Zeigefinger herumfuchtelte, offenbar ein großes Ankh in die Luft

zeichnend. „Es ist das Zeichen des Lebens. Einige Gottheiten wurden mit ihm dargestellt, beispielsweise die Maat, wie sie den Pharaonen das Lebenszeichen an die Nase hält, auch die Hathor. Dabei dient die obere Öse als Haltegriff, weshalb das Ankh als Tau-Kreuz mit einer oben angesetzten Schleife gedeutet wird. Es steht in Zusammenhang mit dem Überleben des leiblichen Todes und dem Weiterleben im Jenseits. In frühchristlich-koptischer Zeit wurde in Ägypten das Ankh-Kreuz als Symbol für das ewige Leben verwendet, das dem Menschen durch den Opfertod des Erlösers geschenkt wurde. Die Form erinnert an die eines Schlüssels. Darum auch ‚Schlüssel des Lebens' genannt."

„Außerdem ist es das allgemeine Erkennungssymbol für Vampire untereinander", ergänzte ich.

„Und das hier ist eindeutig", Marius zeigte auf eine andere Stelle.

„Was ist da?", fragte Petra, denn außer dem Ankh war nichts auf dem Kanaldeckel zu sehen.

„Leuchten Sie einmal mit ihrer UV-Lampe, Herr Farlander!"

Im dunkelvioletten Licht kam ein weiteres Symbol, das über die ganze, verrostete Metallscheibe gemalt war, nun deutlich zum Vorschein.

„Worauf warten wir noch?", ermunterte ich uns, schob den Gullideckel beiseite und kletterte als Erster über die metallenen Klammern hinab. Das Eisen war mit Rost besetzt und fühlte sich kalt und feucht an. Den letzten halben Meter musste ich springen und landete mit platschendem Geräusch in einem bis zu den Waden reichenden Rinnsal, das die ganze Breite dieses unterirdischen Gewölbes einnahm, welches hoch genug war, sodass man nahezu aufrecht hier stehen konnte.

Noch überlegend, wie ich Petra am besten warnen sollte, sprang sie schon ins Wasser, das bis zu ihrer Bluse hinaufspritzte. Nach ihr kam Annabella und am Schluss Bruder Marius herab.

Unsere Augen hatten Mühe sich an die Dunkelheit zu gewöhnen, die durch das fahle Licht der Straßenlaternen, die durch den Schacht zu uns herabschienen, durchbrochen wurde. Das weiße Licht meiner Leuchtdiodentaschenlampe strahlte gleißend hell, doch wir sahen nur ein feuchtes, mit Moos bewachsenes Gewölbe, das sich vor uns in der Dunkelheit verlor. Nichts außer leisem Geplätscher war zu hören.

„Na dann los!", gab ich das Kommando, obwohl ich innerlich jetzt daran zweifelte, ob wir da etwas Vernünftiges taten.

Marius hingegen schwärmte: „Ich finde es toll, Herr Farlander, mit Ihnen gemeinsam ein Abenteuer zu bestehen. Ich fühle mich wie die mobile Eingreiftruppe des Vatikans."

„Ja, wirklich toll", ätzte Petra mit schnippisch schnarrender Stimme, „in neuen Gucci-Pumps durch ein stinkendes Rinnsal zu waten."

Irgendwie verstand ich Petras Ärger, doch eigentümlicher Weise stank es nicht wirklich. Modrig feuchter Geruch lag in der Luft dieses aus groben Ziegelsteinen gemauerten Gewölbes. Das Rinnsal dürfte mit Meerwasser gefüllt gewesen sein, am Boden befand sich eine etwa fünf Zentimeter tiefe Schlammschicht.

„Richtig angenehm, wenn der Schlamm zwischen die Zehen kriecht!", maulte Petra, die sich noch nicht so richtig beruhigt hatte.

Marius und ich wateten unterdessen weiter voran. Die Polizeijuristin dürfte als Venezianerin mit nassen Schuhen besser vertraut sein, denn sie machte bloß eine belanglose Bemerkung über das letzte Hochwasser hier in Venedig.

„Was ist das für ein Geräusch?", zischte mir Petra ins Ohr.

Undeutlich nahm ich es auch wahr. Es hörte sich an wie das in hoher Tonlage zwitschernde Fiepen von jungen Vögeln, zeitweise in hochfrequentes Summen übergehend, dann wieder Vogelgezwitscher.

„Was ist das wirklich?", wollte auch Annabella wissen.

„Fledermäuse", murmelte Marius.

„Fledermäuse? Come?", wiederholte sie fragend.

„Pipistrelli", übersetzte unser Mönch, doch sie schien mit dieser Auskunft keineswegs zufrieden, denn Annabella stieß einen spitzen Schrei aus.

Vor uns lief das Wasser über eine kleine Stufe, hinter welcher der Tunnel einen scharfen Rechtsbogen machte. Dahinter fiel er sanft abwärts und das Wasser floss in einem schmalen Gerinne in schneller Strömung hinab. Über dieser Biegung befand sich ein kleiner Dom mit einem schwammigen Etwas darinnen. Als wir darunter angelangt waren, erkannte ich, worum es sich bei diesem Gebilde handelte: Hunderte Fledermäuse, deren hörbarer Stimmanteil unangenehm in den Ohren lag.

„Das ist ja ekelig!", raunte Petra mit verzogenem Gesicht und die venezianische Polizeijuristin hielt sich die Ohren zu, wobei sich ihr säuerlicher Gesichtsausdruck so verstärkt hatte, als ob sie nicht nur an einer Zitrone, sondern auch an deren bitterer Schale gelutscht hätte.

„Machen Sie das Licht aus und knipsen Sie die UV-Lampe an", flüsterte der kleine Mönch.

Ich tat, wie mir geheißen wurde. Mit dem violetten Licht verstummte auch das Fiepen. Im nächsten Moment hallte ein gellend quietschender Aufschrei, der nicht von unseren Frauen stammte, durch das Gewölbe. Ein Schatten …, dann starrten mich plötzlich zwei leuchtend rote Augen an, nur wenige Zentimeter von meinen entfernt.

Ein angsterfüllter Schrei drang aus meinem Innersten hervor, die kleine Lampe fiel mir aus der Hand und panisch schreckte ich zurück, stieß mit voller Wucht mit dem Rücken gegen die Mauer hinter mir. Für einen Moment blieb mir die Luft weg. Dann sah ich den Vampir durch den Tunnel entschwinden.

Meine drei Begleiter standen stumm vor Schreck um mich.

„Verdammte Scheiße!", presste ich heraus und rappelte mich hoch. „Los, hinterher!"

Wir liefen den sanft abwärtsfallenden Tunnel einige Hundert Meter weiter, bis wir wieder an einem Schacht ankamen, der nach oben führte.

„Wie kommen die Fledermäuse eigentlich hierher!", fragte Petra im Hochklettern.

Annabella schien ihr Sprechvermögen ebenfalls wiedererlangt zu haben und erklärte, dass von den Häusern die Entwässerungsschächte hier heruntergeleitet wurden.

„Und die werden von den Flattertieren bei Trockenheit benützt", fügte unser wissender Mönch hinzu.

Durch einen modrigen Keller voll mit feuchtem Staub und verklebten Spinnweben und über schmale Stufen erreichten wir einen Ausstellungsraum mit kostbaren Kunstobjekten aus Glas.

Ein Schatten huschte im Nebenraum vorbei und wir hörten jemanden die Treppen hinauflaufen.

„Er ist noch da!", flüsterte ich – inzwischen schon ein wenig außer Atem – und holte meine Pistole hervor, „los, gehen wir."

Wir befanden uns nun in einem Turm. Die Treppen, die weiter hinaufführten und tagsüber von Touristen benützt wurden, um die schöne Aussicht oben auf der Plattform zu genießen, waren aus Holz und knarrten bei jedem Schritt; nicht wirklich dienlich für eine Verfolgung, die eigentlich unbemerkt bleiben sollte.

„Die astronomische Uhr!", erklärte Marius ehrfurchtsvoll, als wir an einem großem Räderwerk und dem prachtvollen, gläsernen Zifferblatt vorbeischlichen, doch wir waren hier nicht auf Sight-Seeing-Tour und mussten weiter hinauf.

Am Ende der schmalen Holzstiege knallte eine Tür.

„Er ist auf dem Dach!", bei diesen Worten sah mich Bruder Moretti verschwörerisch an.

Nach einer deutenden Bewegung meines Kopfes in Richtung oben stiegen wir bedächtig hinauf. Vorsichtig öffnete ich die Tür. Nichts tat sich. Ich hielt meine Waffe vor mich und trat aufs Dach hinaus. Einer der beiden bronzenen Glockenschläger ragte neben mir wie ein finsterer Koloss in den Nachthimmel. Der Vampir balancierte an der Mauerkante, seine rötlich glimmenden Augen sahen uns noch über die Schulter blickend an.

Über dem Campanile und der dahinterliegenden Insel Giudecca stand der strahlende Vollmond am wolkenlosen Nachthimmel. Keuchend hob ich vorsichtig die im Mondschein silbern glitzernde Walther hoch, meine Hände waren kraftlos und zitterten. Langsam krümmte ich den rechten Zeigefinger. In diesem Moment sprang Maletti.

Mit einem Satz stand ich an der Mauerkante. Unter mir lag der Markusplatz, wo aus einem Lokal unter uns leise Musik aus der Oper *La Boheme* erklang.

Petra, Marius und Annabella standen im Halbkreis um mich und unsere Blicke folgten ungläubig der flatternden Gestalt, die in Richtung des Mondes entschwand.

In meiner Sakkotasche ertönte leise die Titelmelodie aus der Fernsehserie *Akte-X*.

Keuchend meldete ich mich am Handy: „Ja, … Farlander?"

„Was stöhnst du so?" Es war Yvonne. „Hab ich euch bei etwas gestört?"

„Maletti … ist gerade … entkommen!" Ich war noch immer außer Atem.

„Du bist gerade gekommen? Schön für dich." Yvonnes verführerische Stimme klang fröhlich und sie war sichtlich gut gelaunt. „Ich bin heute Nachmittag auch gekommen, und zwar hier an. Im Hotel habe ich euch nicht angetroffen."

„Gut Yvonne. Ich erzähle dir alles morgen", antwortete ich nun mit ruhigerer Stimme. „In welchem Hotel bist du abgestiegen?"

„Im Danieli."

Die letzte Frage hätte ich mir sparen können.

Die üblichen Verdächtigen

Unweit der Rialtobrücke fiel mir am nächsten Morgen, als wir auf dem Weg in das Büro von Signorina Rascale waren, ein Zeitungskiosk auf, wobei ich im ersten Moment nicht genau wusste, warum. Neben den üblichen Journalen wie *Oggi* oder *Gente* fanden sich die bekannten Tageszeitungen, angefangen von *Corriere della Sera*, *L'Unita*, *La Repubblica*, über *die Frankfurter Allgemeine* bis hin zur *Kronen-* und der *Bild-Zeitung*. Mein Blick schweifte über die italienischen Schlagzeilen und plötzlich erkannte ich, was mir unbewusst sofort ins Auge gestochen war: Mehrere Überschriften enthielten das Wort *vampiro*.

Annabella knallte in dem Moment eine Zeitung auf ihren Schreibtisch, als Petra, der rothaarige Mönch und ich ihr Büro betraten. Sie redete wild gestikulierend, ganz die temperamentvolle Südländerin gebend – obwohl Venezianer ansonsten eher zu den ruhigen Italienern zählten – auf Tonelli ein, der dieses Trommelfeuer aus rollenden R's gelassen über sich ergehen ließ.

Als die Polizeijuristin unsere Anwesenheit bemerkte, hielt sie inne und begrüßte uns mit einem trockenen, ja fast übertrieben emotionslosen: „Buon giorno!"

„*Il Gazzettino* widmet dem Mord eine ganze Vorderseite!", empörte sich die junge Frau. „Uns wird vorgeworfen, unfähig zu sein und gerade bei den Österreichern um Hilfe betteln zu müssen. Da!" Sie zeigte auf einen Absatz, in dem ich die Worte *agenti segreti austriaci* las.

„Fehlt bloß noch, dass sie ein Bild von uns abdrucken", versuchte ich mich locker zu geben.

Mit einem schelmischen Lächeln brummte der Commissario: „Die Paparazzi haben sicher schon die Teleobjektive an ihren Kameras montiert."

„Das ist überhaupt nicht komisch!" Annabellas Stimme überschlug sich und ihre Faust knallte auf den Tisch, um ihren lauten Worten Nachdruck zu verleihen, und zwar so fest, dass der Aschenbecher klirrte, was sie offenbar als Aufforderung verstand, sich gleich eine anzustecken.

„Haben Sie hier nicht strenge Nichtrauchergesetze?", ätzte Petra und blickte provokant auf das elegante Messingschild auf Annabellas Schreibtisch, auf dem mit schwarzen Buchstaben VIETATO FUMARE eingeprägt stand.

„Und Sie sind auch Komikerin, wie Ihr Partner, wie?", ätzte Annabella zurück, dabei sah sie meine Petra mit leidenschaftlichen Blicken an.

Rein zufällig trugen beide Damen heute Hosenanzüge, Rascale einen in Blau mit schlichter, weißer Bluse, Petra einen grauen, mit zart pinkfarbenem Top. Tonelli trug ein blaues, dezent kariertes Sakko zu einfachen Jeans, ich war wie immer im anthrazitgrauen Anzug, heute mit blauem Hemd und dunkelroter Krawatte.

Langsam beruhigten sich die Emotionen und wir erfuhren, dass heute Nacht neuerlich eine junge Frau tot aufgefunden worden war. Dieses Mal waren die Bisswunden so deutlich, dass sie der Presse nicht mehr verheimlicht werden konnten.

Der Leichnam war unweit des *Fondamenta nuove* gefunden und bereits am frühen Morgen nach San Michele, der Friedhofsinsel, gebracht worden, wo sie nun im dort befindlichen Autopsiesaal lag.

„Schlage vor, wir treffen uns nachmittags, um vierzehn Uhr, am Anleger ‚San Zaccharia'", meinte Commissario Tonelli, „Vaporetto Linea quarantuno."

„Sie schaffen das ja wohl alleine Tonelli, oder?", die temperamentvolle Venezianerin wirkte noch immer ein wenig gereizt. „Ich habe um halb fünf einen Termin beim Bürgermeister und vermutlich auch einigen Erklärungsbedarf."

„Gibt es hier in Venedig eine entsprechende Szene?", wollte ich noch wissen.

„Was meinen Sie, Herr Farlander?" Annabella hatte sich inzwischen beruhigt, ihre Stimme klang jetzt freundlich, sogar ein wenig einschmeichelnd und verführerisch.

„Nun ja", ergänzte Bruder Marius, der bis jetzt einen auf Schweigegelübde gemacht hatte, „Hexen, Vampire, Okkultismus."

„Occultismo? Mamma mia!", Rascales saures Gesicht kehrte zurück. „Wissen Sie ...", dabei liebäugelte sie neuerlich mit Petra, die sich offenbar einen Spaß daraus machte, ebenfalls mit der jungen Italienerin zu kokettieren, „Venezia e morbido! Es ist ein einziges Freilichtmuseum und doch eine sterbende Stadt, keiner will mehr hier wohnen, bei Touristen beliebt, aber die Venezianer ziehen weg. Die Wirtschaft stirbt und mit ihr die Stadt, die bloß noch von alten Leuten und irgendwelchen Eigenbrötlern bevölkert wird. Nicht einmal ordentliche Verbrecher gibt es hier. Ganoven von auswärts verirren sich heillos in unserem Gewirr von Gässchen und Kanälen, also versuchen sie es meistens gleich woanders. Morde passieren hier aus Hass oder Eifersucht, Sex war schon immer ein Motiv. Auch hier genügt es, sich auf die üblichen Verdächtigen aus dem Verwandten- oder Bekanntenkreis zu konzentrieren."

Sie wirkte gelangweilt.

„Und? Sonst nichts?", bohrte ich weiter, denn die Bemerkung mit den Eigenbrötlern hatte meine Neugierde geweckt.

Annabella starrte nachdenklich auf den großen Luster aus Murano, der über unseren Köpfen hing.

„Fontei", brummte Tonelli.

Wir drehten uns alle erstaunt zu ihm hin.

„Elisa Fontei. Sie wohnt in einem heruntergekommenen Palazzo direkt am Canal Grande", berichtete er in beiläufigem Plauderton, „tritt selten in Erscheinung, gelegentlich taucht sie bei gesellschaftlichen Ereignissen auf."

„Spannen Sie uns nicht auf die Folter, Armando!", drängte Petra mehr zu erfahren.

Tonelli atmete tief durch und fuhr fort: „Also ..., ältere Venezianer, sehr alte, erzählen, dass Signora Fontei schon so ausgesehen hat, als sie selbst noch Kinder waren. Sie hat sich seit siebzig, achtzig Jahren vom Aussehen her nicht sonderlich verändert, erzählt man sich. Und das nicht nur in finsteren, nebeligen Winternächten."

Bruder Marius wiegte wissend und zustimmend sein Haupt, während sich Annabella zurücklehnte und genervt mit den Augen rollte.

„Dann haben wir ja bereits den nächsten Programmpunkt auf unserer Besichtigungstour durch Venedig", murmelte ich wie immer mit versteckter Ironie, welche unsere Polizeijuristin aber offensichtlich nicht erkannte.

„Sie nehmen die Sache wohl überhaupt nicht ernst, wie?", zischte sie mich an. „Sie sind hier nicht auf Urlaub, Farlander!"

„Ich nehme die Sache viel, viel ernster, als Sie glauben, Annabella", antwortete ich ruhig und mit getragener Stimme und blickte dabei in ihre schönen, großen und braunen Augen.

※ ※ ※

Trattoria Sempione! Eine Frau, die wie selbstverständlich im Danieli eincheckt, die nicht nur einen schwarzen Mercedes S 500 sondern auch noch einen ebenso schwarzen und funkelnagelneuen CLS 500 besitzt und, ganz nebenbei, in einem per-  fekt restaurierten Barock-Schloss wohnt, findet natürlich auch nichts dabei, uns zum Mittagessen in eines der teuersten Lokale hier einzuladen.

Dass dieser Nobelschuppen sich ‚Trattoria' nannte, hatte nichts mehr mit vornehmem Understatement zu tun, sondern grenzte schon an arrogante Provokation. Der affektierte Kellner musterte die Falten in meinem Anzug in einer Art und Weise, als ob ein Unterstandsloser hier am blütenweiß gedeckten Tisch sitzen würde. Marius begleitete uns nicht, denn er befürchtete hier deplatziert zu wirken. Und hatte vermutlich recht damit.

Der nasale Kommandoton, mit dem Yvonne die Bestellung aufgab, ließ den Cameriere eine servile Verbeugung vollführen, bei der er um ein Haar mit seiner Nase das Tischtuch berührte.

Natürlich übertreibe ich jetzt auch ein bisschen.

Yvonne sah aber auch heute wieder sehr dominant aus: auberginenroter Hosenanzug, hochmodern. Schwarzes, eng anliegendes Top, dazu – völlig überflüssig zu erwähnen – schwarze Pumps. Das rötlich-schwarze Haar floss wallend um ihr stark, aber ästhetisch geschminktes Gesicht, dessen dunkel betonte Augen feurig funkelten. Ihr Lippenstift und der Lack ihrer langen Fingernägel hatten die gleiche Farbe wie der Hosenanzug.

„Also, schießt los!", Yvonne sprudelte vor begeisterter Neugier, in einer Art, wie es bei der ansonsten so überlegenen Frau eher selten anzutreffen war. „Ist dieses Schwein Maletti wirklich zum Vampir geworden?"

Mit wenigen Worten erzählte ich von unserer gestrigen Begegnung und der nächtlichen Verfolgungsjagd durch die Kanalisation bis zum astronomischen Uhrturm.

Yvonne war nicht mehr zu bremsen: „Gib mir deine silberne Walther mit der violetten UV-Munition. Ich blase ihm das Herz aus dem Leib!"

„Hey, nicht so schnell!", erwiderte Petra mit vollem Mund – weil unterdessen war das Essen serviert worden – und streckte die rechte Handfläche in symbolisch abweisender Art Yvonne entgegen. „Zuerst müssen wir ihn finden!"

„Wir haben am Nachmittag noch einen Termin auf der Friedhofsinsel und sehen uns die Leiche der heute Morgen ermordeten Frau an", ergänzte ich, "danach inspizieren wir gleich das Grab von Maletti. Er wurde ja hier begraben."

"San Michele?", die Baronin neigte schwärmerisch ihren Kopf, sah mich verführerisch von der Seite her an: "Wollte ich immer schon mal sehen. Ich komme mit! … Übrigens, Petra: Ich kenne einen ausgezeichneten Calzolaio, einen Schuhmacher, Maestro Giuseppe. Ein Künstler! Du wirst sehen, die Guccis werden wieder wie neu!" Sie machte dabei diese typisch italienische Handbewegung, bei der die Spitzen der Finger zusammengepresst zu den Lippen geführt und nach einem geschmatzten Küsschen wieder auseinandergespreizt vom Mund weggenommen wurden.

Ich sah es an Petras zufriedenem Lächeln, dass auch sie diese beeindruckende Madame Yvonne sehr bewunderte.

San Michele

Wir hatten am Anleger San Zaccheria ein Vaporetto der Linie 41 bestiegen und waren in der Lagune Richtung San Michele, dem Friedhof von Venedig, unterwegs. Wir, das waren Commissario Tonelli, Bruder Marius, Madame Yvonne, eine hübsche, zarte und doch toughe Frau namens Petra Stein sowie der gewöhnliche Bundesbeamte Nohan Farlander. Das war ich, der nun an der Reling stand, sich den unangenehm kühlen Fahrtwind um die Nase wehen ließ und melancholisch über das ruhige, schmutzig-blaue Wasser in Richtung Murano und San Michele blickte.

Auf einer der die Fahrrinne markierenden Bohlen stand eine blütenweiße Madonnenstatue, die, verklärt in den Himmel blickend, ihre Hände zum Gebet gefaltet hielt. Ein zwiebelartiger Baldachin mit kleinem Kreuz auf der Spitze bot der Madonna nur geringfügigen Schutz vor den Wetterunbillen in der Lagune, an die an diesem milden Frühlingstag wohl niemand dachte.

Die Baronin von Erkenwald hatte sich zu mir an die Reling gestellt und umarmte mich an der Hüfte. Langsam näherte sich ihr Gesicht dem meinen und wortlos küssten wir uns. Ebenso wortlos standen wir noch einige Sekunden so da und lächelten uns zärtlich zu, während meine Blicke zur gleichen Zeit in ihren dunklen Augen versanken. Yvonne war so schön, jegliche Strenge war aus ihrem Antlitz gewichen und ich dachte mir, dass es schon ein großes Geschenk sei, diese geheimnisvolle Frau zum Freund zu haben.

„Gute Freunde sind wie Sterne", sagte ich schließlich mit leiser Stimme, „auch wenn sie nicht zu sehen sind, weiß man, dass sie da sind." Nach einer kurzen Pause fügte ich noch hinzu: „Aber du bist jetzt da und das macht mich sehr glücklich."

„Danke!", hauchte Yvonne und es klang beinah ein wenig verlegen.

Der leichte Fahrtwind kräuselte ihr dichtes Haar und wehte eine Strähne vor ihre Augen, die sie sich mit einer eleganten Handbewegung wieder aus dem Gesicht strich.

Langsam kamen wir der mit Portalen in venezianischem Stil versehenen Backsteinmauer näher, hinter welcher der Friedhof lag. Vom Schiff aus war bloß das dunkle Grün der dahinterstehenden Zypressen zu sehen. War es nebelig, überragten die schlanken, spitz zulaufenden Bäume die Gräber wie eine Gruppe von Trauergästen und verstärkten zusätzlich die hier herrschende eigenartige Stimmung.

Seit Napoleon – auf dessen Geheiß die Verstorbenen hier zu begraben waren – dient die Insel als Venedigs Friedhof. Wegen Platzmangel müssen die Gebeine nach ungefähr einem Jahrzehnt exhumiert und in einem Ossarium beigesetzt werden.

Das Holz ächzte, als das Vaporetto am Anleger festmachte. Ich beobachtete den jungen Angestellten der ACTV in seiner adretten Uniform, wie er mit gekonnten Griffen das Boot vertäute. Es war auch heute noch unverkennbar ein seefahrendes Volk.

Tonelli ging flotten Schrittes in Richtung des Verwaltungsgebäudes, sodass wir keine Gelegenheit hatten, die Stimmung an diesem stillen Ort in uns aufzunehmen. Trotzdem fielen mir an den roten Ziegelmauern, welche die Insel zur Lagune hin abgrenzten, die übermannshohen Grabsteine auf: Marmor mit goldenen, manches Mal verblassten Gravuren, heller Granit oder auch verwitterter Sandstein, alle in Reih und

Glied stehend wie stumme Mahnmäler vergangener Zeiten. Ebenso faszinierend erschienen mir die dichtstehenden weißen Kreuze der Gräber und die vielen bunten Blumen dazwischen, die sich bei genauerem Hinsehen allesamt als künstlich erwiesen.

Der Kiesel knirschte leise unter unseren Füßen und wir betraten eine kleine altmodisch und spartanisch wirkende Vorhalle. Nach kurzer Wartezeit, in der wir kein Wort miteinander sprachen, wurden wir gebeten, weiterzukommen. Schließlich fanden wir uns in einem kleinen Obduktionssaal wieder.

„Buon Giorno, Signori!", begrüßte uns ein kleiner, dünner Mann im weißen Kittel und mit grauen Haaren.

„Ich bin Dottore Luigi Bufoni", stellte er sich in tadellosem Deutsch vor, „Leiter des Gerichtsmedizinischen Institutes von Venedig. Mein Büro ist in Mestre, doch gelegentlich habe ich es auch hier mit Leichen zu tun, aber sie laufen ja nicht davon."

„Da wäre ich mir nicht so sicher", rutschte es mir heraus und Bufonis Blick ließ darauf schließen, dass er ahnte, was ich meinte. „Mein Name ist Farlander, Nohan Farlander, und ich arbeite für die österreichischen Behörden in Wien. Das ist meine Partnerin Frau Doktor Petra Stein …"

Bufoni gab meiner Geliebten die Hand und sie erwiderte seinen Gruß mit einem freundlichen Lächeln.

„… das hier ist die Baronin von Erkenwald …"

„Freut mich Sie kennenzulernen, Dottore!", grüßte Yvonne mit ihrer geheimnisvoll dunklen Stimme.

„… und das ist Bruder Marius, Experte für Vampire und Untote", schloss ich trocken die Vorstellung meiner Begleiter.

„Ich sehe, Sie wissen, worum es geht. So können wir gleich zur Sache kommen", meinte Bufoni und zog ein weißes Laken von einem leblosen Körper.

„Manuela Fuzzi", erklärte nun Armando Tonelli, „genannt ‚Mandy'; 24 Jahre alt; Prostituierte."

Die hübsche junge Frau mit den kurzen, glatten und blonden Haaren lag da wie ein schlafender Engel. Ihr flach auf dem kalten Metall liegender Körper hatte ideale Formen und eine zarte Haut, gleich mattem Alabaster, perfekt gepflegt bis hin zu den pediküren Zehen. Sie hatte nur zwei Schönheitsfehler, nämlich dass sie tot war und dies aufgrund einer unschön klaffenden Bisswunde am Hals.

„Haben Sie die DNA an der Bissstelle untersuchen lassen?", fragte unser rumänischer Mönch.

„Naturalmente!" Bufonis Antwort klang energisch, ja fast ein wenig beleidigt, dass diese Frage überhaupt gestellt wurde.

„Lambda-Globulin?", merkte ich beiläufig an und genoss den überraschten Ausdruck auf dem Gesicht des Dottore.

„Lambda-Globulin ist eine besondere Form von Bluteiweiß, das nur bei Vampiren festzustellen ist", erklärte Petra mit besserwisserischem Unterton.

Bufoni nickte anerkennend: „Sie sind gut informiert, Signori."

Im Gegensatz dazu konnte aus Commissario Tonellis Blick geschlossen werden, dass dieser im Moment überhaupt nicht wusste, wovon die Rede war.

Die Baronin von Erkenwald stand etwas abseits mit vor der Brust verschränkten Armen und überkreuzten Unterschenkeln da, wobei mir ein Mal mehr ihre eleganten, hochhackigen, schwarzen Pumps auffielen. Sie lächelte mir mit verschmitzt hochgezogenen Mundwinkeln zu.

Während Bufoni, Petra und Bruder Marius intensiv zu fachsimpeln begannen, Tonelli noch immer völlig teilnahmslos dastand und Yvonne sich offensichtlich zu langweilen schien, betrachtete ich die Leiche der jungen Prostituierten und fragte mich, was zum Teufel ich hier eigentlich suchte.

Ich war einem offensichtlich Untoten, der auch in seinem vorherigen Leben ein mieses Schwein gewesen war, hinterher, von dem wir bloß wussten, dass er sich vermutlich hier in Venedig herumtrieb. Es gab zwei tote, junge Frauen – was ebenfalls auf einen männlichen Vampir schließen ließ –, sowie einen nebulösen Hinweis auf eine gewisse Signora Elisa Fontei, die Gerüchten zufolge – und das reimte ich mir zusammen – eine alte Vampirfrau war, und uns möglicherweise den einen oder anderen Hinweis geben könnte.

„Gibt es sonst irgendwelche Gemeinsamkeiten?", unterbrach ich das angeregte Gespräch der anderen.

„Jung, blond, Prostituierte …", zählte Petra auf.

„… Connelucci war keine Nutte!", unterbrach Tonelli.

„Blutgruppe Null", ergänzte Dottore Bufoni.

Alles scheinbar Kleinigkeiten, die ich mir einzuprägen versuchte, aber uns hier und jetzt nicht wirklich weiterbrachten.

Zwei Angestellte des Friedhofes kamen unvermutet zur Tür herein und gingen auf Commissario Tonelli zu. Mit hektischem, typisch italienischem Wortschwall redeten sie auf unseren Begleiter ein.

„Marco Malettis Grab ist geöffnet und für einen Lokalaugenschein bereit", erklärte uns Armando. „Wir sollen den beiden folgen."

Wortlos verließen wir den Obduktionssaal und trotteten den beiden Männern hinterher, die uns mit entschlossenen Schritten durch die Gräberreihen führten. Schließlich erreichten wir ein unscheinbares, geöffnetes Grab, dessen Sarg mittels Gurten an die Oberfläche gehoben worden war.

„Das ist Marco Malettis Grab", übersetzte Tonelli die Erklärungen der venezianischen Friedhofsangestellten.

Aufgrund unserer bisherigen Erkenntnisse betrachtete ich das Grab eingehend. Sollten sich Löcher um das Grab befunden haben, waren sie nun durch die Erdhaufen der Exhumierung zugedeckt. Also wieder kein Hinweis auf eventuell vorhandenen Vampirismus.

Ich kam mir vor, wie ein Idiot.

„Öffnen Sie den Sarg", befahl Dottore Bufoni mit teilnahmsloser Stimme.

Die beiden Angestellten gehorchten. Was der nun zur Seite klappende Sargdeckel uns erblicken ließ, gereichte in keiner Weise zur Freude oder gar zur schnellen Klärung des Falles.

Petra schlug sich mit der Handfläche auf den Mund, um einen aufkommenden Schrei zu unterdrücken. Tonelli,

Bufoni und Madame von Erkenwald standen stumm da und mir entkam ein: „Verdammte Scheiße, was ist denn das schon wieder!", während ich mich mit einer nach unten schlagenden Handbewegung krümmte und zur Seite drehte.

Im Sarg lag eine junge Frau.

„Was soll denn das!? Wo ist Maletti?", schrie ich weinerlich mit fragendem Unterton. „Ich halte das nicht mehr aus!"

Nur mit Mühe konnten mich meine Begleiter beruhigen. Anstatt Antworten zu bekommen, kamen immer neue Rätsel zu Tage. In Malettis Grab befand sich nicht ein alter Bekannter, sondern eine neue Unbekannte! Wer war diese junge Frau im weißen Schlafgewand? Und wieso lag sie in Malettis Grab?

Eine umgehend veranlasste Untersuchung ergab, dass auch sie zwei insektenartige Wundmale an der Innenseite des linken Oberschenkels aufwies und ihre Blutgruppe ebenfalls Null war …

※※※

Die Sonne stand schon tief und erzeugte im Gegenlicht silbern glänzende Flecken, die auf den kleinen Wellen in der Lagune munter umherhüpften, als wir nach langem Warten ein Vaporetto bestiegen und Richtung Stadt fuhren.

Etwas später, nachdem wir wieder den festen Boden der *Riva degli Schiavoni* unter den Füßen hatten, verabschiedeten sich der Commissario und Bruder Marius von uns. Tonelli begab sich jetzt nach Dienstschluss nach Hause zu seiner Familie, Bruder Marius hatte noch einen Termin mit dem Bischof von Venedig.

„Du bist so still, Nohan", stellte Petra fest.

„Ja, du hast, seit wir die Friedhofsinsel verließen, kein Wort mehr gesagt", ergänzte Yvonne.

„Wundert euch das?", fragte ich genervt. „Ich habe keine Ahnung, was wir hier suchen, besser gesagt, wo wir überhaupt suchen sollen."

„Wir werden die Dinge schon auf die Reihe kriegen", meinte die Baronin mit sanfter Stimme. „Ich schlage vor, wir genehmigen uns erst einmal ein gepflegtes Abenddiner."

Petra und ich blickten uns gegenseitig in die Augen und nickten zustimmend.

Die Maske der Finsternis

Yvonnes Hotel, das Danieli – ein ehemaliger Dogen-Palast aus dem 14. Jahrhundert – lag nur wenige Schritte vom Markusplatz entfernt, direkt an der Lagune. Ursprünglich war es als Handels- und Wohnpalast gebaut worden. Die Waren waren mit Gondeln vom heutigen *Rio del Vin* – von jener Stelle, an der sich jetzt der Anlegeplatz für Wassertaxis befindet – direkt in den Innenhof gebracht und an Ort und Stelle verkauft worden. Eine der schönsten Hotelhallen Europas ist heute hier zu bewundern, in einem schon fast überladen-kitschigen, venezianisch-gotischen Stil mit prächtigen Marmorarbeiten und einer prunkvollen Freitreppe.

Dass sich auf der Dachterrasse mit ihrem überwältigend schönen Panorama die nach unten nivellierende Globalisierung in abgrundhässlichen, weißen Plastikstühlen widerspiegelt, stimmt indes sehr traurig. Natürlich ist Venedig ein Ort der *malinconia* – besonders im Winter – doch kippt dort oben die Melancholie zuweilen in tiefe Traurigkeit um, denn damit geht mehr unter als nur Venedig.

Dafür war das Abendessen, welches wir im üppig-barocken oder sonst wie möblierten Restaurant zu uns nahmen, wirklich vorzüglich und ließ mich die Widrigkeiten des hinter uns liegenden Nachmittages für ein Weilchen vergessen. Im Hintergrund erklang dazu leise die Musik des im angrenzenden Salon spielenden Pianisten.

Die anfänglichen Bedenken bezüglich des fünfgängigen Menüs, welches Yvonne, ohne uns zu fragen, bestellte, waren schnell verflogen, als die erste Vorspeise – drei dünne Pastetenscheiben, jede etwa in der Größe einer 55-Cent-Briefmarke – serviert wurde. Auch die Hauptspeise, gegrillte Lachsfilets auf einer Broccoli-Reis-Komposition, schmeckte vorzüglich, obgleich auch diese Portion gemeinhin als für den „Hohlen Zahn" bezeichnet werden konnte. Mein handliches Videohandy war größer und dicker als dieses Stück Fisch und der Reis füllte gerade einen größeren Suppenlöffel.

Ich sagte, Bedenken bezüglich des Menüs, nicht aber der Qualität wegen, die war vorzüglich. Wir befürchteten, ahnungslos, wie kleine Leute eben sind, fünf Gänge wären zu viel. Doch die soeben beschriebene Größe der Portionen, welche ganz elegant auf Tellern gebracht wurden, deren Format auch für üppige Pizzen gereicht hätte, ließ sogar noch Platz für einen kleinen Hunger danach, den wir mit einem vornehmen Käseteller stillten. Übrigens, mit einem ganz feinen *Bel Paese*, angenehm weich in der Konsistenz und von mildem Geschmack.

„So", rief ich zufrieden aus und lehnte mich genussvoll zurück, „jetzt geht es mir wieder besser."

Danach nahm ich einen herzhaften Schluck des ebenso vorzüglichen Pinot Grigio und lächelte meinen beiden Begleiterinnen zu. *(Kenner mögen mir nun vorwerfen, dass zu Käse Rotwein zu trinken sei. Das stimmt und ich bevorzuge diesen auch, doch zum Fisch tranken wir Weißwein und im Anschluss daran eine ganze Flasche Pinot Nero wäre uns nun doch zu viel gewesen.)*

„Was hast du nun vor?", fragte Yvonne.

„Ich denke, Petra und ich werden noch einen kleinen Spaziergang durch die nächtlichen Gassen in Richtung Santa Lucia zu unserem Hotel unternehmen."

„Glaubst du nicht, dass Yvonne etwas anderes gemeint hat?", schnarrte Petra.

Meine Mundwinkel verzogen sich zu einem immer stärker werdenden Schmunzeln und auch Yvonne lächelte. Petra zog kokett ihre linke Augenbraue hoch, gleich einer Aufforderung ihr zu antworten.

„Ach ja", seufzte ich, „natürlich! War doch nur ein Scherz!"

„Ich finde", fuhr ich nach einer Gedankenpause fort, „dass wir dieser Elisa Fontei einen Besuch abstatten sollten. Zuvor sind wir ja morgen Vormittag wieder im Büro von Annabella, um die weitere Vorgehensweise abzusprechen."

„Du nennst sie schon beim Vornamen?" Petra spielte wieder einmal die Eifersüchtige. Da ich aber wusste, dass es eben nur gespielt war, überhörte ich den letzten Satz geflissentlich …

※ ※ ※

Nach diesem letztendlich doch üppigen Abendessen tat uns der Spaziergang recht gut. Es war spät geworden, etwa elf Uhr, als wir den Heimweg antraten.

Das schwache Licht der an der *Riva degli Sciavoni* stehenden dreiarmigen Kandelaber spiegelte sich im Wasser des *Canale di San Marco*, das glucksend an die Mole klatschte. In einiger Entfernung glitzerten gegenüber die Lichter von *San Giorgio Maggiore* und der Insel *Giudecca*, noch weiter im Hintergrund, in südöstlicher Richtung, erkannten wir die funkelnden Lichtpunkte des Lidos. Der Mond hatte sich hinter einer dünnen Wolke versteckt, deren Ränder silbriggrau schimmerten.

Das Frühjahr nahm jetzt schon fast die Temperaturen des herannahenden Sommers an und so war der nächtliche Spaziergang, der uns nun an den Säulen zwischen Dogenpalast und Campanile vorbei über den Markusplatz führte, ein recht angenehmer.

Obwohl wir immer den Wegweisern mit der Aufschrift *alla Ferrovia* folgten, dürften wir einen anderen Weg als sonst eingeschlagen haben, denn alles kam mir irgendwie fremd und neu vor. Mir fehlten die überladenen und glitzernd beleuchteten Auslagen der Geschäfte rund um den Markusplatz und die Arkaden, durch die wir nun gingen waren finster und …, ich will es ja nicht aussprechen …, gruselig. Die Maske der Finsternis schien Besitz von der Stadt ergriffen zu haben und sie in einen dunklen Schleier zu hüllen.

Petra klammerte sich fest an meinen linken Arm und fragte mit einer mir bisher an ihr völlig unbekannten Ängstlichkeit in der Stimme: „Sind wir hier noch richtig?"

„Ich denke schon", versuchte ich sie mit fester Stimme zu beruhigen, „an der letzten Ecke hing noch so ein gelber Wegweiser."

Doch ihr Tonfall ließ auch mir die Gänsehaut über den Rücken kriechen und mich frösteln.

„Mir ist so kalt", flüsterte Petra und sie hatte recht. Die Luft war plötzlich sehr frisch, ja beinahe wirklich kalt geworden. Wortlos griff ich unter mein Sakko und holte die silberne Walther P99 hervor, steckte sie vorne in meine Hose und ließ meine Hand darauf.

Es war sehr still hier, nur unsere Schritte auf den riesig großen Pflastersteinen waren zu hören. Der Weg zweigte nach rechts über eine kleine Brücke ab und sollte gerade durch zwei Häuser hindurchführen, wo ich an der nächsten Kreuzung schon den nächsten Wegweiser erspähte.

Aber meine Erleichterung währte nur Sekunden. Noch bevor wir die letzte Stufe der Brücke verlassen hatten, erblickte ich rechter Hand auf einem schmalen Absatz entlang des schmalen Kanals in einiger Entfernung ein kleines Mädchen mit blondem Lockenkopf. Sie war mit Jeans und einer langen roten Jacke, deren Kapuze sie übergestülpt hatte, bekleidet und schätzungsweise zehn Jahre alt. Die Kleine stand da, blickte wie in Trance ins Wasser und schien jeden Moment hineinzufallen.

„Komm, da stimmt was nicht!", sagte ich zu Petra, steckte meine Waffe wieder zurück in den Holster und lief mit meiner Geliebten im Schlepptau in Richtung des Mädchens.

„Pass auf!", schrie Petra plötzlich auf. „Neben dir!"

Eine schwarze Gestalt, wie aus dem Nichts auftauchend, versetzte mir einen heftigen Stoß, sodass ich mein Gleichgewicht verlor, hinfiel und nur durch Glück nicht im Wasser landete. Petra jedoch erfasste die Situation blitzschnell, hechtete über mich und ergriff im letzten Moment das Mädchen, bevor es kopfüber ins Wasser zu stürzen drohte.

Die Kleine war nicht ansprechbar, zitterte, starrte nur teilnahmslos auf den Boden und die unbekannte Gestalt war natürlich auch verschwunden.

„Was ist mit ihr?", flüsterte Petra, die nun bei diesem Mädchen hockte und es an den Armen hielt.

„Frag mich nicht", erwiderte ich, meinen Anzug notdürftig abputzend, „ich will die Antwort gar nicht wissen!"

Ein Verdacht keimte in mir auf, der sich in weiterer Folge leider bestätigen sollte. Hinzu kam, dass die Luft wieder mild wurde und die beklemmend düstere Stimmung verschwunden war.

Hatte der Vampir von Venedig den Kampf mit *uns* bereits aufgenommen?

Durch den von uns verursachten Tumult ging im Haus gegenüber in einem Zimmer Licht an und das Fenster wurde geöffnet. Die sich nun hinausbeugende Frau übergoss uns mit einem Wortschwall, den ich auch beim besten Willen nicht verstehen konnte. Bloß ein Name, welchen sie mehrmals wiederholte, war für mich herauszuhören: „Loretta", offensichtlich der des kleinen Mädchens.

Als uns die Frau fragend gestikulierend anblickte, rief ich zu ihr hinauf: „Aiuto, la Polizia! Per favore!"

Mit einem erstickten „Mamma mia!", verschwand sie im Zimmer.

Das Blaulicht glitzerte im schwarzen Wasser des Kanals, ebenso wie es auf die Wände der benachbarten Häuser blau blitzende, hüpfende Flecken warf. Mit einem Mal war es wieder aus. Der zuletzt auf das Boot hinuntergestiegene Carabinieri hatte es mit einer unscheinbaren Handbewegung ausgeschaltet.

„Wir sehen uns morgen im Büro von Signorina Rascale", brummte Commissario Tonelli, der uns schon die ganze Zeit hindurch spüren ließ, nicht sonderlich erbaut über die nächtliche Ruhestörung zu sein. „Sollen wir Sie bei Santa Lucia absetzen?"

„Ja, bitte!", stieß es aus Petra heraus. „Wer weiß, was sonst noch alles passiert."

„Eigentlich sind wir wirklich schon recht müde!", ergänzte ich und musste herzhaft gähnen, was – wie immer – ansteckend auf die beiden bei mir Stehenden wirkte.

Eine halbe Stunde später lagen wir schon im Bett und fanden irgendwann auch so recht und schlecht unseren wohlverdienten Schlaf.

❊❊❊

Vor dem Schreibtisch der jungen Polizeijuristin stand ein groß gewachsener Mann, die rechte Hand steckte in seiner Hosentasche. Er wandte den Rücken der Tür zu, als Petra und ich das Büro betraten. Marius stolperte hinterdrein. Der quirlige Mönch hatte es sich nicht nehmen lassen mitzukommen, nachdem wir beim Frühstück über unser nächtliches Erlebnis berichtet hatten.

„Sie haben eine eigenartige Gabe die Dinge auf sich zu lenken, Herr Farlander …", meinte Annabella mit überraschend ruhiger Stimme und der Großgewachsene wandte sich uns zu. „Darf ich vorstellen, Dottore Damiano Deodorante."

Petra und mir fiel es schwer, die Fassung zu bewahren. Nomen est omen, sagten schon die alten Römer. Deodorante duftete nach schwerem Herrenparfüm, Givenchy wie ich meinte, und zwar penetrante. Seine ehemals schwarzen, nun grau durchzogenen Haare waren mit Pomade befestigt und im Nacken gekräuselt. Deodorante trug schwarz-weiße Schuhe, graue Stoffhosen, dazu zum dunkelblauen, mit goldenen Knöpfen besetzten Blazer ein marineblaues Hemd und um den Hals ein kleingemustertes Tuch. Über den schmalen Lippen hatte er einen dünnen schwarzen Schnurrbart.

Sein kantiges, schon etwas von Falten gezeichnetes Gesicht blickte uns regungslos an.

„Sie wirbeln viel Staub auf, Signore Farlando", meinte er in tadellosem Deutsch mit doch deutlichem Akzent und gab mir die Hand. „Ich könnte sogar auf die Idee kommen, dass erst ihr Auftauchen die seltsamen Ereignisse ausgelöst hat. Wäre da nicht …"

Deodorante machte eine Pause.

„Wäre da nicht …?", schnarrte Petra, während sie beim Händeschütteln fragend die Nase rümpfte.

„Wäre da nicht ...", fuhr er mit leiser Stimme fort und blickte nachdenklich auf den glänzenden Parkettboden, „... die Leiche dieser jungen Frau, die gestern in San Michele aufgetaucht ist."

Er blickte mich von unten her mit seinen dunklen Augen, über denen sich gerade, buschige Augenbrauen befanden, an.

„Und was ist mit der?", begehrte ich Auskunft.

„Sagen Sie es ihm, Tonelli!"

„Nun", brummte der bärtige Commissario, „diese junge Frau namens Carla Pezzoni gilt seit ungefähr einem Jahr als vermisst."

„Für eine ein Jahr alte Leiche sah sie aber noch recht frisch aus!", merkte meine Partnerin launisch an.

„Und sie hat Blutgruppe Null, wie die kleine Loretta von heute Nacht", ergänzte Signorina Rascale.

„Unser Glück ist nur, dass die Presse nicht wirklich Geschichten über einen Vampir, der Venedig unsicher macht, verbreiten kann, ohne sich selbst der Lächerlichkeit preiszugeben", setzte der Präfekt fort. „Trotzdem müssen wir dem Spuk ein Ende setzen, Massimo (damit meinte er offensichtlich den Bürgermeister) wird zunehmend nervös. Haben Sie schon einen Verdacht, eine Spur, Signore Farlando?"

„Verdacht ja, Spur nein, Dottore ..."

Deodorante unterbrach mich: „Gut, dann an die Arbeit, wir brauchen Ergebnisse! Rascale und Tonelli werden Ihnen weiter behilflich sein. Buon Giorno!"

Mit dieser knappen Verabschiedung verließ er das Büro. Als die Tür hinter ihm zugefallen war, äffte Annabella hinterher: „Spielt sich hier auf, als sei er der Doge persönlich! Der war schon unter dem letzten Bürgermeister ein Speichellecker", keifte sie und wandte sich an uns. „Irgendwelche brauchbaren Vorschläge?"

„Zuerst einmal, wie geht es der kleinen Loretta?", versuchte ich die aufkommende Unruhe etwas zu dämpfen.

„Wir haben das Mädchen ins nahe gelegene *Ospedale Civile* gebracht. Sie wies keine Verletzungen auf", antwortete Tonelli, „aber sie stand unter einer Art Hypnose."

„Wir müssen dieser Carla Pezzoni …", Marius verstummte ebenso plötzlich, wie er sich jetzt zu Wort gemeldet hatte.

„Was?" Annabella deutete mit zusammengepressten Fingern zum Mund.

Das Zitronengesicht von Annabella Rascale ließ den Schluss zu, dass die Erklärungen unseres rumänischen Mönches ihr nicht zur Freude gereichten.

„Sagten Sie Kopf abtrennen?", wiederholte sie ungläubig.

Mit unsicher Stimme kam ein leises: „Ja."

„Das ist ja ekelhaft! … Also raus hier! … Alle!"

Die junge Venezianerin hatte genug und wies uns mit fuchtelnden Armen die Tür. Das durch die großen Fenster hereinfallende Licht zauberte leuchtende Ränder um ihr goldgelbes Haar. Wir waren zugegebenermaßen etwas verdutzt über den überraschenden Rauswurf, bloß Tonelli, der als Letzter zur Tür hinaustrottete, lächelte in seinen Bart hinein.

„Was hältst du denn von Dottore Profumo?", wollte mich Petra fragen, doch musste sie plötzlich herzhaft lachen.

„Meinst du den parfümierten Deodorante?", stellte ich die Gegenfrage und versuchte ein ernstes Gesicht zu machen, was zur Folge hatte, dass wir beide uns vor Lachen schüttelten.

Der Commissario schmunzelte noch immer, nur Marius machte ein sehr ernstes Gesicht. Der Gedanke an das, was noch bevorstand, stimmte ihn offenbar sehr nachdenklich.

Auf dem kleinen Platz vor der Dependance der *Questura* blieben wir stehen, um uns zu besprechen.

„Ist das, was Sie uns soeben geschildert haben, mit der Leiche von Pezzoni wirklich nötig?", fragte Tonelli an Marius gewandt und mit besorgter Stimme.

„Ich fürchte ja!" Marius schien sich Uneingeweihten gegenüber zu schämen, doch er wusste leider nur zu gut, was in solchen Fällen zu tun war. Der Baum der Erkenntnis trägt eben oft bittere Früchte.

„Dann werde ich Dottore Bufoni informieren", brummte unser eleganter venezianischer Polizist. „Wann wollen Sie es tun?"

„Am besten noch heute."

„Gut, ich melde mich bei Ihnen, Arrivederci!"

„Da geht er hin", murmelte meine Partnerin und Geliebte, „und lässt uns in unserem Unglück alleine."

Die tote Insel

Petra weigerte sich mitzukommen, wollte unter keinen Umständen einer Enthauptung beiwohnen. Sie verabredete sich mit Yvonne im Danieli, um einen entspannten Abend zu genießen und ein wenig abzuschalten.

„Petra und ich werden Maestro Giuseppe einen Besuch abstatten, damit er ihre schlammigen Gucci-Pumps wieder auf Vordermann bringt", säuselte Madame von Erkenwald mit dunklem Timbre in der Stimme und einem einschmeichelnden Lächeln auf den Lippen, als unvermutet mein Handy läutete. Es war aber weder Marius noch Bufoni.

„Schönen Guten Tag, Herr Direktor!", begrüßte ich meinen Vorgesetzten am Telefon.

Gerhart erkundigte sich nach dem Stand unserer Ermittlungen. Wenig erfreut über die schleppenden Fortschritte erzählte er mir von einem gewissen Inspektor Fiala von der Sittenpolizei, der über eine Nutte berichtet hatte, die aus Rumänien stammte. Mehrere ihrer Freier berichteten, dass sie bei ihr angeblich spitze Eckzähne gesehen hätten. Natürlich glaubte das niemand und Fiala erwähnte es auch nur einmal beiläufig. Für Gerhart trotzdem Grund genug, dem nachzugehen.

„Nehmen Sie sich der Sache nach Ihrer Rückkehr an, Farlander!", meinte Gerhart und beendete das Gespräch.

„Na super, schon wieder!", murmelte ich und informierte Petra kurz über das soeben geführte Telefonat. Doch wir hatten keine Zeit darüber nachzudenken, denn dieses Mal rief Tonelli an. Wir sollten uns um fünf beim Danieli treffen.

Meine beiden Herzdamen bezirzten vermutlich schon den armen Schuster Maestro Giuseppe, während ich an der Bar des Danieli auf Tonelli wartete. Nachdenklich schlürfte ich an meinem Martini Rosso, als mit energischen Schritten der Commissario die Hotellounge betrat.

„Kommen Sie, Farlando!", meinte er mit einer an ihm ungewohnten Hektik. „Das Boot wartet!"

Ich kippte den restlichen Schluck in mich hinein und folgte Tonelli durch den Gang, der zum Bootsanleger führte, wo eines der unscheinbaren braunen Taxiboote wartete.

Unser Bootsführer beschleunigte das Wasserfahrzeug mit einem beherzten Griff am silbernen Gashebel. Der Bug hob sich energisch aus dem Wasser und klatschte rhythmisch gleichmäßig auf die Wellen, als wir unsere flotte Fahrt aufgenommen hatten.

„Bufoni und Marius erwarten uns in San Michele", brummte Tonelli, ohne den Blick mir zuzuwenden. Er starrte hinaus auf das Wasser, wie ein Kapitän, der sein Schiff entschlossen durch die stürmische See lenkt.

Die Sonne stand tief und schien nur schwach durch den bedeckten Himmel, Möwen glitten kreischend über die Lagune, San Michele lag vor uns und erweckte den Eindruck, in schwache Schleier gehüllt zu sein.

Wir legten direkt am hinteren Eingang bei der Friedhofskirche von San Michele an. Zum Verwaltungsgebäude waren es von hier nur ein paar Schritte.

Marius und Bufoni begrüßten uns mit ernster Miene.

„Sie ist weg, Domn Farlandu!"

Immer wenn unser Klosterbruder aufgeregt war, schlug sein Rumänisch durch, obwohl er eigentlich deutschstämmiger Italiener war.

„Was heißt weg?", frug Tonelli.

„Die Vampirfrau hat ihren Schlafplatz verlassen", erklärte ich teilnahmslos, „doch wohin, ist die Frage?"

„Isola Gremola."

Wie auf Kommando sahen wir drei zu Dottore Bufoni.

„Ich kenne keine Isola Gremola", merkte Tonelli an.

„Gremola ist eine der vielen ‚namenlosen' Inseln in der Lagune. Auf ihr sollen immer wieder merkwürdige Ereignisse beobachtet worden sein", erklärte der Gerichtsmediziner.

„Vampire können doch Wasser nicht überqueren?", fragte ich meine Kenntnisse zum Besten gebend nach.

„Nur im Roman", meinte Marius geringschätzig. „Menschen können es ja auch nicht. Wozu gibt es Schiffe?"

Tonelli wirkte einmal mehr durch unseren Wortwechsel überfordert. Mein Gesicht nahm jetzt die säuerlichen Züge der jungen Polizeijuristin Annabella Rascale an: „Darf ich einmal raten, wo wir jetzt hinfahren?"

„Richtig!", lächelte Marius und spielte mit einem etwa dreißig Zentimeter langen, silbern glänzenden Stab, der etwas mehr als einen Zentimeter dick war und an einem Ende in einer lang gezogenen Spitze endete.

„Man nennt sie auch die Tote Insel", fuhr der Dottore fort, „es gibt dort nur die Überreste einer alten Kapelle. Und es werden immer wieder menschliche Knochen dort gefunden, wobei keiner so recht weiß, wie sie dorthin gelangen."

„Ein echt lauschiges Plätzchen, überhaupt jetzt, wo es dunkel wird", ätzte ich und war froh, die silberne Walther P99, geladen mit blauviolettem VAMPEX-GEL aus dem Kloster Valcrui, bei mir hinten im Gürtelhalfter zu spüren.

✳✳✳

Der Scheinwerfer unseres Bootes spiegelte sich im blaugrauen Wasser und vor uns tauchten die schwarzen Umrisse der flachen Insel Gremola auf. Ein alter Olivenbaum ragte auf der rechten Seite in den dunklen Abendhimmel, die Ruine der Kapelle hob sich kaum vom Erdboden ab. Mit abgeschaltetem Motor legte das Boot an einem windschiefen Holzsteg an, wobei unser Fahrer bekräftigte, nicht von Bord gehen zu wollen, ebenso Tonelli, der meinte, seine Neugierde im Zaum halten zu können.

Marius ging zielstrebig auf die Ruinen der Kapelle zu und entdeckte neben dem ehemaligen Altar eine Treppe, die in eine offensichtlich gut erhaltene Krypta hinunterführte. Über dem Bogenportal stand eine Inschrift:

BEATA SOLITUDO O SOLA BEATITUDO
(Glückselige Einsamkeit, o einzige Glückseligkeit!)

„Da sind wir richtig", flüsterte Bruder Marius. „Haben Sie Ihre Taschenlampe dabei?"

„Ja", antwortete ich und schaltete sie ein.

Wir befanden uns in einem niedrigen Gewölbe mit quadratischem Grundriss aus neun gleichmäßigen Vierungen bestehend, in der Mitte durch vier klobige Säulen abgestützt. Im Zentrum dieser finsteren Kammer stand ein Steinsarkophag, dessen schmuckloser Deckel verschoben schien.

„Und? Was jetzt?", nahm mir Bufoni das Wort aus dem Mund.

„Aufmachen?", ergänzte ich die Frage, den Ahnungslosen spielend.

„Ja", hallte nun die Antwort unseres rothaarigen Mönches durch die Katakomben.

Mit vereinten Kräften stemmten wir uns gegen den Deckel. Nur mit großer Kraftanstrengung gelang es uns, ihn zur Seite zu schieben. Mit einem dumpfen Schlag krachte er seitlich auf den Steinboden, zerbrach jedoch nicht. Im kontrastreichen Lichtstrahl meiner Leuchtdioden-Taschenlampe erkannten wir den regungslosen Körper Carla Pezzonis, bleich im Gesicht, die Lippen natürlich rot. Sie schien zu schlafen, selig und mit sich zufrieden.

Marius holte den silbernen Pfahl unter seiner Kutte hervor und setzte ihn der Frau über dem Herzen an die Brust.

In dem Moment, als er auf Lateinisch das Vaterunser zu beten begann, riss sie plötzlich die dunkel umrandeten Augen auf. Und nicht nur die Augen. In ihrem Mund glänzten lange Eckzähne, die sich jeden Moment in Marius Hals zu bohren drohten. Unbewusst ging ich dazwischen. Sie hielt inne, Marius wich zurück, stolperte und fiel auf den Rücken.

Unfassbar schnell war Carla ihrem steinernen Grab entstiegen, stürzte sich auf unseren Mönch und schickte sich neuerlich an, ihn beißen zu wollen. Im nächsten Moment presste ich meine silberne Walther an ihre Schläfe. Mit funkelnd roten Augen stierte sie mich böse an. Und sie war begehrenswert schön.

„Non capisci!", fauchte Carla – *du verstehst nichts* –, im gleichen Augenblick schlug mir die Vampirin die Waffe aus der Hand und warf sich auf mich. Ich fühlte keine Angst, obwohl mein Herz wie wild schlug. Ich wollte sie küssen, obwohl ich wusste, dass wir diese Frau töten mussten. Und ich küsste diese Frau, während meine linke Hand den im Staub liegenden silbernen Stab ertastete.

Ihr klirrender Schrei schmerzte in meinen Ohren, als das Silber – durch meine linke Hand geführt – in sie eindrang. Carlas Körper krümmte sich und rollte zur Seite. Mit einem beherzten Druck stieß Marius, der sich inzwischen aufgerappelt hatte, den Silberpfahl tiefer in ihre Brust. Ein gurgelndes Geräusch entkam ihrer Kehle und das Blut aus ihrem Herzen spritzte uns literweise in hohem Bogen entgegen.

„Sie hat wohl heute schon gegessen!", entkam mir eine unpassend schalkhafte Bemerkung, während sich mein Hemd langsam blutrot verfärbte. Natürlich trug ich heute ein Weißes. Bis jetzt.

„Ihren Humor möchte ich haben!", erwiderte Bufoni, holte sein Sezierbesteck hervor und begann nun der jungen Frau den Kopf abzutrennen. Eine widerliche Prozedur, während der sich ein übler Geruch nach süßlich abgestandenen Körperflüssigkeiten um uns herum ausbreitete!

„Kompliment, Signore Farlando!", ertönte am oberen Absatz eine männliche Stimme. „Hätte ich Ihnen gar nicht zugetraut."

„Maletti!", rief ich ihm entgegen und griff nach meiner am Boden liegenden Pistole.

Der Schuss daraus gellte in dieser steinernen Halle und tauchte sie für einen kurzen Moment in gleißend hellblaues Licht, doch verfehlte er leider sein Ziel. Ein geisteskrankes Lachen drang noch von oben herab.

Als ich, ihm nachjagend, keuchend und mit pochendem Herzen im Freien anlangte, war außer der leuchtenden Scheibe des Vollmondes nichts zu sehen.

„Tonelli!"

Keine Antwort.

„Tonelli!", wiederholte ich noch lauter.

Ein kalter Hauch streifte meinen Nacken. Es fühlte sich an wie der Hauch des Todes. Fest meine Pistole umklammernd drehte ich mich blitzschnell um und erstarrte. Mich blickten zwei leuchtend rote Augen an.

„Buona Notte!", hauchte es mir entgegen. Es klang nah und doch entfernt und unwirklich.

Nicht fähig mich zu bewegen, versuchte ich vergebens die Pistole hochzureißen und abzudrücken, doch meine rechte Hand verweigerte mir den Dienst. Auch mein angsterfüllter Schrei aus den Tiefen meiner Seele blieb irgendwo lautlos im Kehlkopf stecken.

So unvermutet die Gestalt vor mir auftauchte, so plötzlich war sie auch wieder verschwunden. Aus jener Richtung, wo sich der Anlegesteg befand, hörte ich das Aufheulen eines Motors.

„Tonelli!", rief ich, nachdem ich meine Stimme wiedererlangt hatte ein weiteres Mal. „Tonelli!"

Panisch lief ich zum Steg und musste tatenlos zusehen, wie das Taxiboot unbeleuchtet in der dunklen Lagune entschwand.

„Farlander!", hörte ich kurz darauf meinen Namen, seltsamerweise von unten.

Es war Tonelli, Gott sei Dank! Er lag etwa einen Meter vor mir auf dem Boden. Der Vampir von Venedig war verschwunden und Tonelli hielt sich den Kopf.

„Was ist geschehen?", brummte der venezianische Kommissar.

„Ich glaube, dass Sie es nicht wirklich wissen wollen!", erklang aus dem Hintergrund die erschöpfte Stimme von Bufoni, der gerade die Stufen der Krypta emporkam, hinter ihm der mit Blut beschmierte Bruder Marius.

„Wie sehen Sie denn aus?", entkam es Tonelli, der sich mühsam vom Boden erhob und erst jetzt meine ebenfalls mit Blut besudelte Kleidung bemerkte.

Es dauerte eine kleine Ewigkeit, bis wir mit einem Boot der Carabinieri von der Todesinsel abgeholt wurden.

Während wir auf die Polizei warteten, erzählte ich Tonelli, was vorgefallen war.

„Ich wurde niedergeschlagen. Keine Ahnung, von wem", erzählte Armando. „Ich hatte mir am Ufersteg die Füße vertreten, aber überhaupt nichts Außergewöhnliches bemerkt. Dann hörte ich, wie sie mich riefen. Für einen Augenblick sah ich dann im Augenwinkel einen Schatten auf mich zukommen und verspürte im nächsten Moment einen Schlag auf den Hinterkopf."

Maletti dürfte das Boot in seine Gewalt bekommen haben und hatte sich so aus dem Staub machen können.

„Mit Ihnen erlebt man hier in Venedig in ein paar Wochen mehr, als in zwei Jahrzehnten gewöhnlicher Ermittlungsarbeit", merkte der Commissario schmunzelnd an. Mir hingegen war übel.

„Ich hätte heute die Gelegenheit gehabt, Maletti zu erledigen, doch er ist mir entkommen", sinnierte ich verzweifelt. „Diese Elisa Fontei ist unsere letzte Chance ihn zu finden – seinen Unterschlupf ausfindig zu machen."

„Wir helfen Ihnen!", meinte Tonelli, wobei seine Stimme sehr beruhigend wirkte.

Mir war noch immer schlecht, der Geruch des Blutes saß tief in meiner Nase. Das Schaukeln des Polizeiboots bei der Rückfahrt bewirkte letztendlich, dass ich hemmungslos ins Wasser kotzte.

✻ ✻ ✻

Die ältere, etwas matronenhafte Frau an der Rezeption unseres Hotels schlug die Arme über dem Kopf zusammen, als ich spät in der Nacht erschöpft nach unserem Zimmerschlüssel verlangte.

„Mamma Mia!", wiederholte sie immer wieder.

Petra war nicht am Zimmer. Sie schlief bei Yvonne im Danieli, und das war mir nur recht. So wie ich aussah, wollte ich meiner Geliebten ohnehin nicht unter die Augen treten.

Das Wasser der Dusche kitzelte angenehm meine Haut. Keine Ahnung warum, aber ich war erregt, sehnte mich nach Petra, Yvonne oder Anuschka, oder der erlösten Vampirfrau Carla. Perverses Verlangen ergriff mich, ruhelos wälzte ich mich im Bett hin und her und der Vollmond schien hell leuchtend ins Zimmer.

Der feurig rote Mund einer schönen Frau näherte sich meinen Lippen. Der kalte Hauch ihres süßen Atems wanderte zu meinem Hals und der nun folgende Biss tat nicht weh. Das Blut tropfte auf ihre weißen Brüste und rann durch das tiefe Tal zwischen ihnen. Mein Stab versank in der weichen, aber kalten Grotte dieser Frau und lustvolle Ströme durchflossen meine Lenden.

Durch die warmen Strahlen der Morgensonne wurde ich geweckt. Mir graute vor mir und der Traum der vergangenen Nacht hatte sein Übriges dazu getan, sodass ich mich jetzt nochmals übergeben musste. Missmutig und müde verkroch ich mich im Bett und schlief wieder ein.

Irgendwann am späten Vormittag kam meine geliebte Petra zurück ins Hotel. Ich hörte natürlich, dass die Tür geöffnet wurde, doch stellte ich mich schlafend. Sie kniete sich neben mich aufs Bett und strich mit ihrer Hand sanft und zärtlich über meine gewaschenen aber zerzausten Haare.

Petra kramte im Kleiderkasten, ging ins Bad und zog sich dann um. Kurze Zeit danach verließ sie mich wieder.

Abends erzählte ich ihr von unseren Erlebnissen auf Gremolo. Maletti sei unberechenbar und gefährlich und wir wüssten nicht, ob es noch Frauen gab, die von ihm getötet oder zum Vampir gemacht worden waren, und wir wüssten im Grunde nicht, warum er selbst zum Vampir geworden war, oder ob er es vielleicht schon immer gewesen war. Ein Besuch bei dieser mysteriösen Elisa Fontei könnte uns vielleicht ein paar neue Erkenntnisse bringen, so hoffte ich zumindest.

Mir ging es jetzt wieder ein wenig besser, nicht zuletzt weil ich mich in den Armen meiner Geliebten wohl und geborgen fühlte. Trotzdem schlief ich auch in dieser Nacht sehr unruhig und beschloss auch am darauffolgenden Tag noch im Bett zu bleiben.

Petra zeigte Verständnis und vereinbarte mit der Baronin von Erkenwald einen Damentag abzuhalten, mit Schaufensterbummel, Shopping und einem guten Espresso in einem der unzähligen Straßencafés.

Unterdessen sahen Bruder Marius und der Dottore nach mir. Bufoni untersuchte mich, prüfte mit dem Stethoskop Atem und Herzschlag, kontrollierte den Blutdruck. Fieber und Kopfschmerzen hatte ich nicht, doch es plagte mich noch immer leichte Übelkeit.

Ich dachte an die hübsche blonde Ärztin Sonja Grea, der designierten Leiterin unserer medizinischen Unterabteilung *Universal Medicals*, und daran, jetzt gerne von ihr versorgt zu werden – nicht nur medizinisch.

„Man hat in der Lagune, unweit vom Arsenal, die Leiche unseres Bootsfahrers gefunden", berichtete Marius.

„Wurde er auch … gebissen?", fragte ich unsicher.

„Nein", antwortete Bufoni, „er ist ertrunken. Am Kopf hatte er eine Platzwunde; vermutlich bewusstlos ins Wasser geworfen."

Stumm nickend blickte ich zum Fenster hinaus.

„Sie wirken ein wenig unkonzentriert", meinte Bufoni. „Ich gebe Ihnen ein paar Vitamintabletten. Ruhen Sie sich aus, dann werden Sie bald wieder einsatzbereit sein, Signore Farlando."

Der Dottore legte eine weiße Packung auf mein Nachtkästchen und verabschiedete sich. Marius blieb noch ein Weilchen.

„Was geschieht hier mit uns, Marius? Ich glaube, ich habe Angst", flüsterte ich fragend.

„Wir alle haben Angst, nicht nur Sie, Domn Farlandu."

Seine Stimme klang etwas weniger papageienhaft als sonst und wirkte sehr tröstlich auf mich. Er saß am Bettrand und meinte: „Es gibt Leute, denen geht es gut, sie sind glücklich und denken, dass sie einfach nur Glück in ihrem Leben gehabt haben. Wenn etwas Schreckliches passiert, erfüllt sie das mit Angst, denn sie wissen, dass sie allein sind. Und es gibt jene, die das Glück nicht nur dem Zufall zuschreiben. Nein, sie glauben, dass eine höhere Ordnung dahinter steht. Wenn ihnen Unglück widerfährt, sind sie mit der Hoffnung im Herzen erfüllt, dass es irgendjemanden gibt, der ihnen zur Seite steht. Zu welchen Menschen wir gehören, muss jeder für sich selbst beantworten."

„Ich weiß im Moment nur, dass mir solche Worte nie einfallen würden. Danke, Bruder Marius", antwortete ich. „Und ich habe Angst. Angst vor dem Tod. Angst davor, dass es irgendwann von einem Augenblick auf den anderen finster wird, so als ob das Licht ausgeknipst wird und nie mehr angeht. Einfach aus!"

Elisa Fontei

Es dauerte noch einige Tage, bis ich wieder auf der Höhe war und die abstoßenden Erlebnisse ein wenig verdaut hatte. Endlich war auch die Übelkeit verursachende Erinnerung an diesen scheußlichen Geruch aus meiner Nase gewichen. Die auch heute draußen wieder fröhlich scheinende Morgensonne weckte neue Lebens- und Abenteuerlust in mir. Stürmisch warf ich mich auf Petra und begrüßte sie mit einem leidenschaftlichen Kuss.

„Hat das Stärkungspräparat von Dottore Bufoni geholfen?", wollte Petra wissen, worauf ich unbeeindruckt antwortete: „Keine Ahnung, war zu schwach, um die Packung aufzumachen."

„Na, deinen eigenartigen Humor hast du ja wieder!", konterte sie schmunzelnd, umarmte mich und erwiderte zärtlich meine Küsse.

Gestern hatte ich mir anlässlich eines erholsamen Spazierganges einen neuen, sehr hellen Anzug gegönnt, den ich heute mit hellblauem Hemd und der Sonnenbrille von Ray-Ban trug. Ich fühlte mich wieder okay. Dazu herrschte an den Ufern des Canale Grande nächst Rialto das fröhlich umtriebige Gedränge der sich anbahnenden Touristenzeit.

Die junge und (meine Leserinnen mögen mir verzeihen) attraktive Polizeijuristin Annabella Rascale hatte in einem

Restaurant einen Tisch für uns alle reservieren lassen und die angenehmen Tagestemperaturen erlaubten es, im Freien zu sitzen.

„Wir waren in den letzten Tagen, in denen Sie krank feierten …", wobei sie mich bei diesen Worten frech ansah, „… nicht untätig, Signore Farlander."

Eben am Martini nippend, verzog ich bei ihrer Bemerkung mein Gesicht und verschluckte mich beinah, doch sie fuhr ungerührt fort: „Marco Maletti wurde im Jahre 2003, am 1. November, in San Michele beigesetzt. Soweit die offiziellen Fakten. Sein erstes Auftauchen ist dieses Jahr Anfang Februar dokumentiert und seit Ihren Ermittlungen besteht ein mutmaßlicher Zusammenhang mit dem Tod von Mariella Connelucci und Manuela Fuzzi. Wenn man die bisherigen kriminologischen Fakten außer Acht lässt, haben auch die unvermutete Auffindung von Carla Pezzoni und der Zustand dieser kleinen Loretta damit zu tun. Tatsächlich merkwürdig ist das Faktum, dass alle Opfer weiblich waren und Blutgruppe Null hatten."

Commissario Armando Tonelli unterbrach Annabellas Redeschwall, ohne dabei seine Blicke vom hektischen Bootsverkehr am Kanal abzuwenden: „Erzählen Sie, was wir sonst noch herausfanden."

„Es gab seit November 2003 nur drei Meldungen über Vermisste: außer dieser Pezzoni ein Mann und eine weitere Frau."

Sie machte eine Pause, blickte auffordernd in die Runde und zündete sich eine Zigarette an.

„Nun machen Sie es nicht so spannend!", ein Mal mehr war es meine Petra, die ihre Neugier nicht im Zaum halten konnte.

Provozierend langsam und genüsslich blies die blonde Polizeijuristin den Rauch in die Luft und antwortete: „Die Frau hatte ebenfalls Blutgruppe Null, und wir wissen jetzt noch etwas …"

„Sie sollten Krimiautorin werden, so wie sie die Spannung erhalten", flötete Yvonne, die heute sehr ‚unauffällig' mit einem weißen Hosenanzug bekleidet war, darunter ein

schwarzes transparentes Top trug und dazu eine große schwarze Sonnenbrille von Prada.

Marius sagte nichts, denn er saß der Baronin gegenüber und konnte nur mit Mühe seine Blicke nicht auf den Ausschnitt von Madame richten.

Nachdem der Cameriere endlich mit dem Servieren fertig war, erfuhren wir schließlich, was unsere venezianischen Kollegen noch herausgefunden hatten.

„Wir haben Elisa Fontei ausfindig gemacht", verkündete Annabella nicht ohne Stolz in der Stimme, „und, Herr Farlander, wir haben noch heute einen Termin bei ihr."

Es fiel mir jetzt im ersten Moment schwer, meine Überraschung in Worte zu fassen, nicht nur, weil ich gerade den Mund voll hatte.

Annabella fügte noch hinzu, dass es besser wäre, wenn wir nicht alle bei Fontei auftauchen würden. Yvonne merkte dazu scheinbar teilnahmslos an, ohnehin noch einen geschäftlichen Termin zu haben. Tonelli hatte vom letzten Abenteuer auf der Isola Gremola genug und wollte einer offensichtlich alten Vampirfrau unter keinen Umständen begegnen. Bruder Marius verzichtete freiwillig, da er meinte, dass die Informationen von uns genauso gut erfragt werden könnten. So machten Annabella, Petra und ich uns gegen fünfzehn Uhr auf den Weg.

❊ ❊ ❊

Das Wasser in den Kanälen der Lagunenstadt schillerte in unzähligen Farben und Mustern, unendlich an Vielfalt, gleich den Variationen einer sich immer wieder verändernden Melodie. Dazu ließ der sanfte Fahrtwind die Haare meiner geliebten Partnerin Petra wie eine stolze Flagge wehen, die Nase streckte sie in die Luft, fast so als wollte sie die gesamte Stimmung hier in sich aufnehmen.

Elisa Fontei wohnte direkt am Canal Grande in einem alten Palazzo in der Nähe des *Fondaco dei Turchi*, einem ehemaligen Lagerhaus für den Warenhandel mit der Türkei, welches heute das Naturhistorische Museum Venedigs beherbergt.

Wir legten mit dem Taxiboot vor dem etwas baufälligen Palazzo an. Über die mit Moos bewachsene Treppe, die von alten verwitterten, einstmals rot-weiß gestreiften Holzbohlen begrenzt wurde, erreichten wir ein ebenfalls schäbig wirkendes Portal. Vorsichtig drehte Annabella am merkwürdig blank polierten Messinggriff und siehe da: Das Tor ließ sich anstandslos öffnen!

Der schwere Flügel ächzte leise in seinen verrosteten Scharnieren, bis er so weit geöffnet war, um uns den Eintritt freizugeben. Im Dunkel der Vorhalle, die auf der anderen Seite in einen kleinen Hof mündete, zeichnete das schwache Gegenlicht die Silhouette einer schlanken Frau.

„Sono Elisa Fontei, Signori. Mi piace a conoscerla!", begrüßte sie uns mit ein wenig kratziger Stimme.

„Buon giorno, Signora Fontei, sono Nohan Farlander, impiegato da govérno Austriaco", versuchte ich meine spärlichen Italienisch-Kenntnisse zum Besten zu geben.

Diese geheimnisvolle Frau – die mich ein wenig an die herbattraktive Schauspielerin René Russo erinnerte – war sehr schlank, mittelgroß und mit dunkel-karottenroten, nicht ganz schulterlangen Haaren, ähnlich einem Pagenkopf, doch ungleich geschnitten und von unfrisiert scheinender Ungezwungenheit. Die farblich nicht zu definierenden Augen wiesen einen matten Glanz auf, vergleichbar mit einem leichten Schleier.

Ihre Kleidung glich dem immer wieder modernen Ethno-Look, da sie zur schlammfarbenen Strickweste einen langen, dunkel-erdfarben gemusterten Rock aus dünnem Chiffon und darunter schwarze schlanke Stiefel mit hohen Absätzen trug.

„Willkommen in meinem bescheidenen Haus!", antwortete Elisa, deren Alter in dieser zwielichtigen Atmosphäre nicht zu schätzen war. „Folgen Sie mir bitte", lud sie uns ein, weiterzukommen.

Eine schmucklose und gewundene Treppe führte uns nach oben in den ersten Stock. Die wenigen vorhandenen Fenster waren verschlossen, nur schwach drang das Licht durch die engen Lamellen der schwarzbraunen hölzernen Fensterläden.

Der Palazzo, in ursprünglich venezianischer Gotik erbaut, wies noch deutlich erkennbar barocke Stilelemente auf, doch der Zahn der Zeit hatte am Gemäuer genagt und viele Verzierungen fehlten. Die Mauern waren lieblos glatt verputzt. An anderen Stellen bröckelte das Mauerwerk, sodass dieses Gebäude unterm Strich schon sehr baufällig wirkte und den venezianischen Handwerkern noch viele Jahre einen einträglichen Verdienst sichern könnte.

Signora Fontei öffnete eine große Doppeltür und deutete mit einer wortlosen Geste in den ebenfalls abgedunkelten Raum. Annabella und Petra wurden beim Eintreten mit einem sinnlichen Lächeln begrüßt, wogegen ich beim Vorbeigehen in ihr emotionsloses Gesicht blickte und von einem kühlen Lufthauch begleitet wurde.

Ich betrat ein riesiges Zimmer, ja fast einen Salon, groß genug, um mehreren Paaren Platz zum Walzertanzen zu bieten. Die Wände waren in Öl-Wisch-Technik blassauberginerot getüncht, das Mobiliar sehr altmodisch und mit einem verstaubten, an der hohen Decke hängenden Luster, unverkennbar aus einer Glasmanufaktur Muranos, kombiniert. Linker Hand erblickte ich einen erloschenen Kamin, vor dem ein mit brüchigem weinrotem Leder bezogener Ohrensessel stand. Der abgetretene, ebenfalls schwarzbraune Parkettboden knarrte bei unseren Schritten.

Petra musterte jeden Winkel dieser ... Wohnung? Ja, Wohnung – doch sie schien im Grunde gar nicht bewohnt – eher leer stehend, nicht staubig, aber auch nicht wirklich gepflegt.

Und Elisa musterte Petra, danach Annabella und schien ihre Blicke nicht von ihr abwenden zu können.

Die beiden wechselten einander anlächelnd ein paar Worte auf Italienisch.

Unbewusst spürte ich, dass wir es mit einer sehr mächtigen und offenbar alten Vampirin zu tun hatten, obwohl diese Frau rein äußerlich nicht älter als sehr gut erhaltene fünfundvierzig wirkte.

„Verraten Sie mir, Signora Fontei, welchen Köder ich auswerfen muss, um Ihre Aufmerksamkeit zu erringen?"

Mit einem gelangweilten Blick in meine Richtung meinte sie geringschätzig, einen bekannten Spruch zitierend: „Frauen wie ich erwarten, dass Männer wie Sie das von alleine herausfinden."

Wortlos meinen Kopf wiegend holte ich daraufhin mein silbernes Messer hervor, bei dessen Anblick Elisa leicht zusammenzuckte. Ich hielt ihr meine linke Hand entgegen und ritzte den Handrücken neben dem Daumen immerhin so fest, dass aus dem kleinen Schnitt das Blut herausquoll. Den kantigen Gesichtszüge der blassen Frau entglitt um ihre Mundwinkel ein unterdrücktes und daher nahezu lautloses katzenartiges Fauchen. Im leicht geöffneten Mund sah ich spitze Eckzähne hervorblitzen. Fragend blickte ich tief in ihre Augen, die – anders als ich es im Angesicht einer erregten Vampirfrau gewohnt war – kaum ihre Farbe verändert hatten.

Sie wagte es, ganz nah an mich heranzutreten: „Ich spüre Ihr Herz klopfen, Signore Farlando. Bumbum, bumbum, bumbum", hauchte sie lasziv und *ich* spürte den kühlen Luftzug an meinem Hals, „centoventiquattro volte per minuto."

Wie versteinert stand ich da – mein Herz schlug vor Aufregung tatsächlich sehr schnell – und wartete angespannt, was weiter passieren würde. Vorsichtig glitt meine rechte Hand unter mein Sakko und versuchte die silberne Pistole zu ergreifen.

„Sie können Ihr Ding ruhig in der Hose lassen", Elisa flüsterte noch immer. „Haben Sie Angst? Oder sind Sie schon ein bisschen …, wie sagt man auf Deutsch? Geil?"

Wie ein kurzer Windstoß berührten ihre Lippen flüchtig meinen Hals, dann wandte sie sich ab, währenddessen sie weiter sprach: „Ich muss Sie leider enttäuschen, Herr Farlander. Obwohl ich mächtig genug bin, die schützende Aura, von der Sie umgeben sind, zu durchbrechen, werde ich Ihnen keineswegs den Gefallen tun, Sie zu beißen. Vor allem deswegen nicht, weil Sie ohnehin immer nur an das Eine denken."

Mit erstauntem Blick sah ich sie an. Elisa stand nun neben Annabella, streichelte deren Arm und sah die Polizeijuristin mit leicht zur Seite geneigtem Kopf an. Um ihre Lippen lag ein verliebtes Lächeln, das Annabella zu erwidern schien. Fast zärtlich strich ihr Elisa durchs Haar und näherte ihre Lippen dem erwartungsvoll leicht geöffneten Mund der jungen Frau, die im Moment des folgenden Kusses träumerisch die Augen schloss. Petra und ich warfen uns fragende Blicke zu.

„Jetzt ist mir alles klar", murmelte ich in meinen imaginären Bart hinein.

Elisa wandte ihre funkelnden Blicke mir zu und meinte: „Ich denke nicht, dass Ihnen alles klar ist. Weshalb wären Sie dann zu mir gekommen?"

Zustimmend nickte ich.

„Möchten Sie etwas trinken?", fragte unsere Gastgeberin plötzlich.

Von dieser unerwarteten Frage überrascht, wollte ich schon mit Ja antworten, doch kam es mir ebenso unvermutet in den Sinn, dass dies vielleicht doch nicht so opportun sein könnte: „Nein danke, sehr freundlich von Ihnen …"

Meine Partnerin blickte mich verständnislos an, völlig überrascht, dass ich einen angebotenen Drink ablehnte.

„Aber bitte erzählen Sie uns, was Sie über einen gewissen Marco Maletti wissen, Madame Elisa."

Mein altmodisch devotes ‚Madame Elisa' brach das Eis. Schmunzeln wäre eine maßlos übertriebene Beschreibung ihrer nunmehrigen Gesichtszüge, aber mit am Rücken verschränkten Armen im Raum langsam hin und her gehend, begann sie nach kurzer Gedankenpause zu erzählen:

„Es war auf einem Ball im Karneval des Jahres 2000. Ich trug ein historisches Renaissance-Kostüm – übrigens ein Erbstück meiner Mutter aus dem Jahr 1582 – schwarz, mit Gold bestickt und tief dekolletiert, was mich offensichtlich die Aufmerksamkeit eines kleineren Mannes erwecken ließ. Es fiel mir auf, dass er in Begleitung einer sehr attraktiven langhaarigen und platinblonden Frau war."

„Nicole", merkte Petra an und ich nickte abermals zustimmend.

„Nach langen Jahren der Einsamkeit", fuhr Donna Elisa fort, „tat es mir gut mit jemandem zu sprechen und ich gab seinem Drängen nach und erlaubte ihm, mich nach Hause zu begleiten. Ein schwerer Fehler, denn er wurde zudringlich. Ich wollte keinen Mann, doch *er* wollte das nicht verstehen. Er versuchte mich zu vergewaltigen, woraufhin ich mich wehrte und ihn biss!" Elisas Stimme nahm einen theatralischen Unterton an, die fahlen Augen begannen zu funkeln und ihre Fingerspitzen tippten zum Mund: „Und was macht dieser Idiot?"

Wir zuckten fragend mit den Schultern.

„Er beißt mich auch! Wild und brutal, leckt an meinem Blut. Haben Sie eine blasse Ahnung, was das bedeutet?"

„Ja", antwortete ich leise.

„Ja?", kam die laute Gegenfrage.

Annabellas missmutig säuerlich verzogene Mundwinkel veränderten sich zu ängstlichen Gesichtszügen mit fragend weit aufgerissenen Augen.

„Bluttaufe", warf meine Partnerin trocken ein.

„Ja!", kam Elisas erstaunte Bestätigung. „Wieso wissen Sie das?"

Langsam kamen wir uns – zumindest verbal – etwas näher. Ich erzählte ihr, was ich über Vampire wusste, verschwieg aber Bruder Marius und das rumänische Kloster Valcrui. Maletti war demnach durch Elisa Fonteis Biss selbst zum Untoten geworden und vermutlich zum Zeitpunkt unserer ersten Begegnung in Ringhofs Lagerhaus schon ein Vampir gewesen, was auch die dunkle Sonnenbrille erklären könnte, die er in dieser Halle trotz der schwachen Beleuchtung getragen hatte. Irgendwie kam mir das wie eine plumpe Erklärung vor, doch es passte zusammen.

„Maletti war demnach nicht tot, sondern wurde quasi bloß lebendig begraben …", versuchte ich den Sachverhalt abzurunden, als endlich auch die uns begleitende Signorina Rascale ein paar Worte herausbrachte.

„Aber in unseren Akten steht doch …", versuchte Annabella einzuwenden, doch Elisa unterbrach sie mit sanfter Stimme: „Ach, mein süßes Kind, was in den Akten der Ämter steht …", dabei berührte sie wieder sanft das blond und braun gesträhnte Haar der jungen Frau und lächelte sinnlich. Der jungen Juristin blieben die Worte im Mund stecken, dennoch schienen ihr die zärtlichen Berührungen der mysteriösen Frau keinesfalls unangenehm zu sein.

„Wissen Sie, wo sich Maletti aufhält?"

„Nein, es tut mir leid, ich weiß es nicht", antwortete sie kühl und nahezu abweisend.

„Danke, Madame Elisa", wobei ich bewusst wieder diese Anrede wählte und ihr in die Augen sah, die jetzt nicht mehr leblos matt glänzten, sondern lebendig und leidenschaftlich leuchteten, „wir wollen Ihre kostbare Zeit nicht länger in Anspruch nehmen."

„Signore Farlander, ich habe alle Zeit der Welt", meinte sie noch melancholisch und wandte sich italienisch sprechend Annabella zu, worauf diese mir erklärte, noch etwas hierbleiben zu wollen.

Ich verabschiedete mich von ihr mit den Worten: „Passen Sie auf sich auf!"
Diesmal nickte die junge Frau zustimmend.

Elisa rief uns ein Boot und begleitete uns noch durch die Vorhalle zum Anlegeplatz.

„Bitte, öffnen Sie das Tor erst, wenn ich weg bin", bat mich Elisa und verabschiedete sich von uns mit einem weichen, aber kühlen Händedruck.

Ich verstand und antwortete: „Naturalmente, Donna Elisa."

❄ ❄ ❄

La Donna nella doccia stand auf einem zerfledderten Werbeplakat für einen einschlägigen Film, das über einer Unzahl anderer Plakate an einer verrosteten Tür an der Hinterseite des ‚Palazzo Fontei' klebte und eine nackte, duschende Frau zeigte. Ein seltsamer Zufall, denn im ersten Stock lief in einem üppig eingerichteten, doch ebenso wie alle anderen Räumlichkeiten etwas abgewohnten Bad die Wanne voll. Aus alten Messingarmaturen mit diesen so typisch kreuzförmigen Hähnen floss ein kräftiger Wasserstrahl.

Annabellas nackter Körper wurde durch rotgoldenes Kerzenlicht sanft konturiert gezeichnet. Mit vor der Brust verschränkten Armen stand sie vor dem Spiegel und schien für einen unsichtbaren Maler Modell zu stehen. Im Grunde genommen fehlte nur das weichzeichnende Objektiv David Hamiltons und dazu die Musik Michel Legrands aus dem Film ‚Bilitis', um diese Szenerie abzurunden.

Donna Fontei betrat nun das mit weißem Carrara-Marmor verfliesste Bad, bloß in ein bodenlanges, transparentes und cremeweißes Seidennachthemd gekleidet. Das flüsternde Gespräch der beiden Frauen ging im plätschernden Rauschen des Wasserstrahls unter, doch waren zum Verständnis der romantischen Szenerie ohnehin keine Worte nötig.

Nachdem die Wanne großzügig gefüllt und das leise Donnern des einfließenden Wassers verstummt war, hörte man für einen Moment nur mehr das Knistern des die Oberfläche bedeckenden Schaums. Langsam setzte die junge Frau zuerst den einen, dann den anderen Fuß ins Wasser und setzte sich vorsichtig hin. Elisa kniete nieder, tauchte ihre Hand in das schaumige Wasser und benetzte Annabellas zarte Brüste. Sie stöhnte leise.

Langsam und bedächtig befeuchtete die mysteriöse Vampirfrau den Körper ihrer blonden Gespielin.

Wortlos nahm Donna Elisa einen orientalisch anmutenden Flakon vom Waschtisch und stieg – ohne ihr langes Kleid auszuziehen – zu Annabella in die Wanne. Das weiße Kleid klebte im Nu an der rothaarigen Frau und ließ eine wohlgeformte, doch sehr schlanke Figur durch den dünnen, nassen Stoff erkennen.

Signorina Rascale glitt zwischen Elisas Beinen nach vorne, tauchte mit dem Kopf unter und strich nach dem Auftauchen mit eleganter Bewegung ihrer beiden Hände das Wasser aus dem Gesicht und danach nach hinten über ihr nasses Haar.

Die andere Frau ließ aus dem langhalsigen Flakon cremiges Shampoo auf Annabellas Kopf fließen. Mit sanft kreisenden Bewegungen wusch sie nun deren Haare, cremiger Schaum und zärtliche Massage ließ Annabella in Elisas Händen schmelzen. Langsam näherten sich die Lippen der verführerischen Donna Fontei denen der jungen Annabella Rascale.

Der Kuss schien nicht zu enden, Lippen schnäbelten sanft aneinander, Hände strichen gegenseitig über die nassen Körper der beiden Frauen. Wasser mit Schaum vermischt floss über Annabellas Brüste, um sogleich von Elisas Händen verteilt zu werden.

Unter ihren immer heftiger werdenden Bewegungen schwappte das Wasser aus der Wanne, Hände verschwanden zwischen zuckenden Schenkeln und schließlich stöhnten und keuchten beide in wilder Ekstase, und leidenschaftlich umklammerten sich die beiden Frauen, bis sie ermattet ins wohlig warme Wasser glitten.

Der Kuss der Baronin

Marius zitierte aus dem *Buch mit den sieben Siegeln*, während wir im Speiseraum des *Albergo Santa Lucia* bei einer Flasche Frascati saßen.

„Die Maske der Finsternis hat viele Gesichter", meinte Marius kryptisch, nachdem wir über unseren Besuch bei Signora Fontei berichtet hatten. „Der Incubus, ein männlicher verführerischer Geist, überfällt junge Frauen im Schlaf und trinkt deren Blut. Das entsprechende Pendant dazu ist der Succubus, ein weiblicher Buhldämon, welcher junge Männer aussaugt."

„Und was ist dann Donna Elisa Fontei?", fügte ich hinzu.

„Lesbisch …"

Die trockene Bemerkung meiner geliebten Petra entbehrte nicht eines schalkhaften Untertons.

„Signora Fontei ist zweifelsohne ein Succubus. Ob sie hingegen als homosexuelle Frau nur Frauen beißt, ist im Moment nicht bewiesen …"

„… und ich werde sie diesbezüglich sicher auch nicht fragen", ergänzte Petra den von Marius begonnenen Satz.

Die fahle und indirekte Beleuchtung in diesem etwas altmodischen Raum erzeugte eine irgendwie ungemütliche Atmosphäre.

„Wie haltet ihr es in dieser drittklassigen Absteige nur aus?"

Yvonne hatte meine Gedanken offensichtlich aus meiner Mimik erraten, als ich zuvor etwas missmutig die Wände betrachtet hatte.

„Das Danieli hat uns Gerhart leider nicht genehmigt", konterte ich launisch, „doch zurück zur Sache: Elisa ist nicht unser Problem, denke ich. Unser Problem ist Marco Maletti, der durch seine Unbeherrschtheit zum Vampir wurde und nun hier umhergeistert."

„Das zweite Problem ist, dass wir keine Ahnung haben, wo wir ihn finden können", brachte es Petra auf den Punkt.
Die beiden Frauen, die nun schon seit einigen Jahren direkt oder indirekt an meiner Seite standen, verzauberten mich nicht nur durch ihr Aussehen, nein, auch die Stimmen dieser Frauen strahlten unterschwellige Erotik aus. Petra hatte oftmals ein keckes nasales Schnarren in der Stimme, wogegen Yvonnes gelegentlich aristokratisch-hochnäsiger Unterton ihrem dunklen Timbre vornehme Dominanz verlieh.

„Wir müssen ihm eine Falle stellen!", murmelte Marius, der ebenfalls eine markante Stimme hatte – allerdings etwas weniger erotisch … zumindest für mein Empfinden.
„Und wie sollte die aussehen?", wollte ich wissen, mich dabei ein wenig ahnungslos stellend.
„Jung, weiblich, Blutgruppe Null …", zählte der rothaarige rumänische Mönch auf.
„Bis auf ,jung' könnte ich damit dienen!", witzelte die schöne Baronin, wobei sie – falls ich es noch nicht erwähnte – mit ihren zweiundvierzig wie fünfundzwanzig aussah.
„Ich habe Blutgruppe Null." Nahezu schüchtern klangen plötzlich Petras geflüsterte Worte.
„Kommt ja gar nicht in Frage!", warf ich energisch ein.
„Warum nicht?", meinte Petra. „Maletti kennt mich nur flüchtig, mein Blut zieht ihn an … und hässlich bin ich ja auch nicht, höchstens etwas unscheinbar."
„Also unscheinbar bist du, schon seit wir ein Paar sind, nicht mehr!", protestierte ich. „Du bist sogar sehr hübsch! Ein weiterer Grund, dass ich dich nicht in die Arme des Vampirs von Venedig treiben kann!"
„Jetzt übertreibst du aber!", versuchte Petra meine Bedenken zu zerstreuen. „Ich spaziere an einer dunklen Stelle in Minirock und High-Heels auf und ab, während ihr in einem Hinterhalt wartet und auf mich aufpasst!"
„Das könnte klappen!", stimmte Marius Petras zweifelhaftem Plan zu.
Ich rümpfte die Nase und zog meine Augenbrauen hoch. Yvonne streichelte zärtlich über Petras Haare und hauchte mit verführerischer Stimme: „Wir haben schon den einen

oder anderen schönen Moment zu dritt erlebt. Ich habe eine Idee, wie wir dich schützen können."

Vor etwas mehr als zwei Jahren, in einer Vollmondnacht im Mai des Jahres 2003, hatte ich mit der schönen Madame Yvonne eine wollüstige Nacht verbracht, in der ich mit ihr – offenbar in einem Zustand völliger geistiger Umnachtung – die Bluttaufe vollzogen hatte. Nicht nur, dass ich seit ich Yvonne kenne, fünf Mal von ihr gebissen worden war, hatte es sich in dieser Nacht ergeben, dass diese verführerische Vampress mit dem Fingernagel ihre Brust aufkratzte, oder vielmehr aufschnitt, und ich daraufhin ihr herausquellendes Blut getrunken hatte.

„Und du meinst, ich sollte auch die Bluttaufe mit dir vollziehen?" Petra klang durch und durch skeptisch.

„Ja, Petra", versuchte Yvonne sie zu überzeugen, „ich bin nur eine Halbvampirin, doch es genügt offensichtlich, wie wir bei Nohan sehen, um zumindest einen ersten Schutz gegen den Biss von echten Vollblut-Vampiren zu bieten."

Mit hypnotischem Lächeln sah Yvonne in Petras Augen, die daraufhin verlegen zu Boden blickte.

„Ich werde dazu ja wohl nicht gebraucht. Ich ziehe mich jetzt zurück! Wir besprechen uns, wenn es so weit ist."

Mit diesen Worten verabschiedete sich Marius diskret und wünschte uns eine Gute Nacht.

❈❈❈

Das ‚erotische' Ambiente unserer Absteige entsprach wirklich nicht den Vorstellungen unserer eleganten und wohlhabenden Freundin. Wir trafen uns daher am nächsten Abend im Danieli, um uns nach einem gepflegten Abenddiner in Yvonnes geräumige Suite zurückzuziehen.

Schloss Hertzenstein, das Domizil der schönen Baronin, war ein feines Barockschloss, doch im Vergleich zu ihrer Suite im Danieli zeichnete es sich geradezu durch zurückhaltenden Minimalismus aus. Die Möbel hier waren aus mittelbraunem Holz, an den üppig geschwungenen Kanten mit altgoldener Farbe lackiert (echtes Gold war hier vermutlich nicht verarbeitet worden). Am polierten Parkettboden lagen schöne Teppiche in orientalischem Design, der unter dem beim Fenster stehenden kleinen Schreibtisch war vom Muster her ein Bidjar. Luster aus Murano und schwere Vorhänge aus ocker-goldgelbem Brokat ergänzten das prunkvolle Erscheinungsbild dieser Suite.

Das große Fenster war eine Doppeltür, durch die ich auf einen kleinen Balkon hinaustrat, von dem aus sich ein grandioses Panorama über den *Canale di S. Marco* in Richtung Süden bot, unterstrichen vom violettblauen Himmel der späten Abenddämmerung und den vielen funkelnden, sich im Wasser spiegelnden Lichtern. Mein Blick streifte von der *Isola di San Giorgio Maggiore* mit der gleichnamigen Basilika hinüber zur *Giudecca* und weiter zur *Punta della Dogana* mit der Kirche *Santa Maria della Salute,* hinter der am Horizont noch ein schmaler, schwach rotgoldener Streifen des beendeten Sonnenunterganges leuchtete.

Nicht nur die milde Abendluft, sondern auch die Melancholie dieser wunderschönen Stadt konnte ich in diesem Moment mit jeder Faser meiner Haut spüren, verstärkt durch die Morbidität dieses alten und teuren Hotels, wo an so mancher Stelle schon ein wenig Patina zu erkennen war oder ein bisschen der Verputz abbröckelte.

✻✻✻

Meine beiden sexy-elegant zurechtgemachten Damen verlangten von mir mich bis auf meinen knappen Slip auszuziehen und im bequemen Fauteuil Platz zu nehmen. Daraufhin verschwanden beide im Bad. Ein bekanntes Ritual, dennoch saß ich nervös wie ein verlassener Junge da und nestelte verlegen an den Armlehnen.

Petra betrat etwa eine Viertelstunde später als Erste wieder den Raum, verführerisch geschminkt, mit erdig roten Lippen. Die Haare hatte sie elegant hochgesteckt, bekleidet war sie bloß mit einem seidigen champagnerfarbenen Stringtanga, dazu passenden glänzenden Selbsthalterstrümpfen und den hellen, von Maestro Giuseppe perfekt restaurierten, hochhackigen Pumps von Gucci. Wortlos und mit schmalen

Schritten kam sie auf mich zu, streichelte meine Wange und küsste mich zärtlich mit ihren weichen Lippen.

Daraufhin kam Yvonne aus dem Bad, selbstbewusst und ein wenig dominant wie immer, das dichte schwarze Haar umschmeichelte wellig ihr Gesicht, welches durch perfektes Make-up markant und sehr schön betont wurde. Auch die Baronin trug einen Stringtanga, allerdings feuerrot, im gleichen Farbton wie ihre bis über die Knie reichenden Lackstiefel mit schwindelerregend hohen schwarzen Absätzen. Sie kam ebenfalls direkt auf mich zu, stellte sich neben mich und küsste meinen Hals, während sie wie zufällig mit ihren langen roten Fingernägeln über die Innenseite meines Oberschenkels glitt. Nur mühsam konnte ich in diesem Augenblick ein intensives Stöhnen, das eher schön wollüstigem Grunzen glich, unterdrücken.

Ohne irgendein Wort zu sprechen, zogen mich beide aus meinem Sessel und führten mich zum mit weißer Seidenbettwäsche bezogenen Doppelbett. Wie Tausend Hände fühlten sich die zärtlichen Liebkosungen meiner beiden Frauen an.

Meiner beiden … Ja, meiner beiden Frauen, denn bis zum heutigen Tag konnte ich mich nicht wirklich entscheiden, meine Gefühle ordnen. Petra liebte ich von ganzem Herzen, ihre burschikose, kumpelhafte und doch liebevolle Art. Die schöne Madame Yvonne betörte und faszinierte mich mit ihrer dominanten, mütterlichen Fürsorglichkeit, ihrer zuweilen abartigen Geilheit und natürlich mit ihren spitzen Eckzähnen!

Petra lag nun stöhnend und mit gespreizten Beinen auf dem Rücken. Ich war erregt wie schon lange nicht mehr, liebkoste sie mit der Zunge und drang schließlich in sie ein. Yvonne küsste abwechselnd Petra und mich, ihre schlanken Finger spürte ich zwischen meinen Schenkeln und langsam begannen die Säfte meiner Lenden zu brodeln.

Seufzend wand sich Petra in den zerwühlten Kissen, langsam beugte sich Yvonne über sie und ritzte mit ihren langen Fingernägeln eine ihrer schönen Brüste. Blut quoll aus der kleinen Wunde heraus und Yvonne presste ihre Brust an Petras geöffnete Lippen. Meine Stöße, durch dieses bizarre Spiel beflügelt, wurden heftiger, meine Geliebte schrie laut vor Verlangen und die dunkle Halbvampirin näherte ihren Mund, in dem schon die langen weißen Zähne blitzten, Petras Hals.

In jenem Moment, als die Spitzen der Zähne in Petras Haut eindrangen, strömte alles mit einer unbekannten Leichtigkeit aus mir heraus, sodass es für einen Moment dunkel wurde und ich glaubte zum ersten Mal bewusst den ‚kleinen Tod' zu erleiden.

Petra war ohnmächtig, ein Zustand, der mir nach Yvonnes Biss nur allzu gut bekannt war. Erschöpft und vermutlich derangiert sah ich Yvonne an.

Auch ihr Haar hing zerzaust um ihr Gesicht, der rote Lippenstift war verschmiert, Blut klebte in den Mundwinkeln und sie erwiderte meine Blicke mit wollüstig zusammengekniffenen Augen. Wir küssten uns leidenschaftlich, umarmten uns stürmisch und wälzten uns neben der nun schlafenden Petra im Bett. Ich spürte die hohen Absätze ihrer Stiefel an meinen Waden, ihre Brustwarzen an meinen und mit der Zunge fühlte ich ihre spitzen Eckzähne …

※※※

Blinzelnd öffnete ich die Augen und erkannte, dass es ein strahlender Morgen war. Die Vormittagssonne streifte das südseitige Fenster und ließ die weißen Vorhänge, die unter den schweren Brokatgardinen hingen, strahlend leuchten.

„Nohan! … Nohan!", hörte ich Stimmen.

Meine geliebte Petra und die schöne Baronin standen am Fußteil des Bettes und grinsten mich an.

„Aufstehen, Frühstück!", riefen sie fröhlich wie aus einem Munde.

Ich hingegen fühlte mich wie gerädert und musste wohl auch so ausgesehen haben. Nackt, verschwitzt, zerzaust und unrasiert. Super!

Doch nach einer warmen Dusche, einer scharfen Rasur und Aftershave von Laura Biagiotti sah der Morgen schon wieder besser aus und das Frühstücksbuffet im Danieli ließ auch keinen Wunsch offen.

„Ich denke …, dass wir unsere italienischen Kollegen … Bufoni, Tonelli und die zickige Rascale … von unserem Plan nicht in Kenntnis setzen werden", nuschelte ich, während ich mir das weiche Frühstücksei schmecken ließ. „Wir machen das im Alleingang. Und dieser Profumo …"
„Deodorante!", korrigierte mich Petra, und Yvonne schmunzelte in ihren Tee hinein.
„… natürlich – danke, Petra …, also dieser Deodorante", fuhr ich fort, „kommt mir sowieso ‚molto suspecte' vor!"
Wir vereinbarten, uns am Abend gegen zwanzig Uhr in der *Trattoria Cavallo Bianco* mit Bruder Marius zu treffen, um nach einer entsprechenden Stärkung unseren Plan in die Tat umzusetzen.

Die Falle

Gegen Mittag verließ Dottore Deodorante das Büro der Polizeijuristin Annabella Rascale, im ganzen Gebäude – wenig überraschend – eine intensiv süßlich riechende Duftspur hinterlassend.

„Und? Was jetzt?", fragte Annabella den mit am Rücken verschränkten Armen neben ihrem Schreibtisch auf und ab gehenden Commissario Armando Tonelli. „Damiano wird nervös. Vermutlich beschwichtigt sein Geschleime den Bürgermeister nicht wirklich."

„Keine Ahnung!", brummte er. „Schlage vor, wir halten uns im Hintergrund und beobachten Farlander. Irgendwann wird er sich schon wieder bei uns melden."

In der Zwischenzeit bereiteten wir uns für den nächtlichen Einsatz vor, für die Falle, die wir Marco Maletti, dem Vampir von Venedig, stellen wollten.

Nach einem kleinen Mittagsimbiss schliefen Petra und ich noch ein paar Stunden. Dann bereiteten wir uns gewissenhaft vor. Ich verstaute die silberne Walther, ein Klappmesser sowie die ultraviolett leuchtende Leuchtdioden-Taschenlampe am Gürtel meiner dunklen Anzughose. Dazu trug ich ein dunkelgraues Hemd und eine ebensolche Krawatte.

Petra machte sich auch zurecht, sehr sexy – fast nuttig – mit kurzem dunklen Minirock, pinkfarbenem, knapp sitzendem Rollkragenpulli und einem kurzen schwarzen Knautschlackmantel, den sie von Yvonne geliehen bekam. Zu den schwarzen Strümpfen zog sie die neuen eleganten Riemchenschuhe mit den dünnen Absätzen an.

Pünktlich um acht Uhr abends trafen wir im *Cavallo Bianco* ein. Yvonne, im schwarzen Hosenanzug und dunkelroter Bluse, saß schon mit Bruder Marius an einem Vierertisch an der rechten Seite des lang gestreckten Lokals.

Unser rumänischer Mönch kramte einen Stadtplan von Venedig unter seiner Kutte hervor und breitete ihn auf dem Tisch aus. „Alle Vorfälle fanden in diesem Bereich statt!", begann er mit seinen Ausführungen und zeichnete mit seinem Kugelschreiber ein Dreieck auf die Karte. „Rialto – San Marco – San Giovanni e Páolo!" Ein triumphierendes Lächeln machte sich um seine Lippen breit.

„Und irgendwo dazwischen legen wir uns auf die Lauer?", schlussfolgerte Petra.

„Genau!", bestätigte Marius und ergänzend fügte ich hinzu: „Am besten wir postieren uns dort, wo der Vorfall mit dem kleinen Mädchen, Loretta, passierte." Ich markierte die Stelle mit meiner Montblanc-Füllfeder: „In den dunklen Arkaden können wir uns gut verstecken."

Somit stand unser Plan fest und wir widmeten uns dem köstlichen Abendessen.

❖ ❖ ❖

Petra war tapfer und spazierte ausdauernd unzählige Male den schmalen Weg zwischen den Arkaden und der kleinen Brücke über den Rio auf und ab. Die Nacht war angenehm und nicht zu kühl, doch gegen drei Uhr morgens begann es zu regnen. Die Haare meiner zierlichen Partnerin trieften, die Strümpfe glänzten nass und das Wasser kroch zwischen ihre Zehen.

„Wir sollten abbrechen", meinte ich zu Petra, griff unter ihren Mantel und drückte sie an mich, um sie etwas zu wärmen, „da tut sich nichts mehr."

„Ein Mal gehe ich noch hin und her", entgegnete sie mutig.

Marius hüpfte von einem Bein auf das andere, ihm war offenbar ebenfalls schon kalt in seinen Herrgottssandalen.

Yvonne – an eine Mauer gelehnt mit vor der Brust verschränkten Armen – langweilte sich offenkundig. Ich putzte meine kalte Nase. Ein eisiger Hauch streifte plötzlich meinen Nacken und nach unten breitete sich die Gänsehaut über Rücken und Arme aus. Gleichzeitig mit Yvonne sah ich in die Richtung, wo Petra gerade die Brücke überquerte.

Unser gewiefter Gegner nutzte in diesem Moment die Unaufmerksamkeit von uns dreien. Bevor wir richtig mitbekamen, was jetzt ablief, zuckte ein greller Blitz über uns und der kaum verzögert folgende Donnerschlag beschleunigte meinen Herzschlag innerhalb einer Sekunde auf das Doppelte.

Petras Schrei gellte durch das vor sich hindämmernde Venedig.

„Da!" Yvonne hatte die Situation als Erste im Griff.

„Scheiße!", rief ich in Ermangelung eines passenden und zielführenden Einfalles.

Petra lag bewusstlos in den Armen einer davonjagenden Gestalt, die nur einer sein konnte: Maletti.

„Er hat angebissen!", jubelte Marius.

Seine Begeisterung konnte ich indes keineswegs teilen und keuchte: „Ja, toll, und wir haben nicht aufgepasst!"

„Hoffentlich biss er nicht wirklich an", ergänzte Yvonne mit ruhiger, aber nachdenklicher Stimme. Ihr schien das Tempo unseres Laufes aufgrund ihrer Sportlichkeit offenbar nichts auszumachen.

Mir kam die Gegend bekannt vor. Waren wir da schon mal? Oder sah hier immer alles gleich aus, noch dazu in der Nacht, wo angeblich alle Katzen grau waren, besonders die von Venedig.

Blitze zuckten, wieder gefolgt von heftigem Donnern. Schemenhaft konnten wir die Gestalt noch durch den stärker werdenden Regen ausmachen, bis sie um eine Ecke verschwand.

An der Stelle angelangt, erkannte ich, wieso mir die Gegend vertraut vorkam. Mir gegenüber an der hohen Ziegelwand prangte *FORZA ITALIANA* und darunter stand *Elisa Ti Amo*. Jetzt wusste ich auch, wer mit Elisa wohl gemeint war.

„Der Einstieg", deutete Marius und blinzelte, weil ihm der Regen ins Gesicht peitschte.

Nachdem wir ohnehin schon nass waren, kümmerte es uns wenig, dass das Rinnsal, in das wir hinabkletterten, nun deutlich mehr Wasser führte als zuletzt.

„Gut, dass ich meine Stiefel anhabe", merkte Yvonne trocken an, während ich meine Taschenlampe hervorholte und anknipste.

Wir kamen wieder an der Fledermauskuppel vorbei und erreichten schließlich die Kellergewölbe der Glasmanufaktur in der Nähe des Markusplatzes.

„Ich glaube, wir sind falsch hier", meinte ich skeptisch und verzweifelt. „Hat jemand eine Abzweigung bemerkt?"

„Ja."

„Und weiter, Yvonne?", konterte ich nervös.

„Dort, wo wir unter der kleinen Kuppel über dem Absatz nach rechts abgebogen sind, zweigte nach links ein niederer Gang ab."

„Sonst noch was?"

„Nein, das war alles."

„Gut", rief ich, „dann sehen wir uns das an!"

Von oben drang leise das Grollen des Donners zu uns herab.

Dieser Gang, den wir in gebückter Haltung entlanggingen, führte in einer endlos scheinenden Geraden weiter. Die grobgemauerten Wände waren mit schwarz aussehendem Moos bewachsen und modrig feuchter Geruch begleitete uns ohnehin schon die ganze Zeit.

Hie und da erklang leises Fiepen, ein Mal fast neben uns, dann ein anderes Mal wieder weiter weg. Vermutlich stammte es von den hier ansässigen Bewohnern: den Ratten.

Wir erreichten eine kleine Kammer, deren etwas tiefer liegender Boden zur Folge hatte, dass wir neuerlich bis zu den Knöcheln im Wasser standen. Vor uns erkannte ich im bläulichen Strahl meiner Taschenlampe eine schwere, mit genieteten Bändern versehene Eisentür, die allerdings so verrostet und mit Sinter und Moos bewachsen war, dass mir ein Öffnungsversuch zwecklos erschien. Links führte eine schmale Treppe nach oben.

„Und?"

Es war ein tolles ‚und', das Yvonne mit ihrer verführerischen Stimme von sich gab.

„Äh … nach oben?", spielte ich den Ahnungslosen, wobei ich in dieser Situation nicht viel Schauspieltalent nötig hatte, denn wie so oft hatte ich wirklich keine Ahnung, wie es weitergehen sollte.

In meiner Verzweiflung zählte ich beim Hinaufgehen die Stufen: Es waren einhundertdreizehn, bis wir an einem Absatz anlangten, der nach oben hin mit einem quadratischen Gullideckel verschlossen war, durch dessen kleine Löcher das fahle Tageslicht schien.

„Buon Giorno", begrüßte ich einen verwahrlosten Mann, der mit zerrissenem Mantel, unrasiert, einer Flasche billigem Chianti in der Hand unmittelbar rechts neben unserem Ausstieg stand, nach meiner Begrüßung ungläubig in seine Weinflasche blickte und gequält zu husten begann.

Der Gewitterregen hatte sich in der Zwischenzeit verzogen, der mit großen Steinen gepflasterte Platz war aber noch nass und mit Pfützen übersät.

Vor mir erhob sich ein monumentales Reiterstandbild auf rechteckigem Sockel, dahinter eine große beeindruckende Basilika mit halbrunden Fenstern im Seitenschiff, darüber gotisch verzierte Rundbogenfriese.

„San Zanipolo, wie die Venezianer diese Kirche nennen", erklärte Marius, der als Letzter der Öffnung entstiegen war. *„Santi Giovanni e Páolo* ist der offizielle Name, erbaut von 1246 bis 1430. Im Inneren befinden sich viele bemerkenswerte Gräber von Dogen und vor uns steht das Reiterstandbild des Söldnerführers Bartolomeo Colleóni."

„Machen Sie jetzt einen auf Fremdenführer?", fragte die schmunzelnde Yvonne, um im gleichen Augenblick dem neben ihr belämmert dastehenden Unterstandslosen einen abfälligen Blick zuzuwerfen.

Links neben uns befanden sich einige Stufen, die vom Platz in den vorbeiführenden breiten Kanal, den *Rio dei Mendicanti,* mündeten.

Meine Blicke schweiften ratlos umher, der frühe Morgen kündigte schon den erwachenden Tag mit hellgrau verhangenem Himmel an. Meine Uhr zeigte kurz nach halb sechs.

„Was nun?", unterbrach Marius die sich breitmachende Stille.

„Schlage vor, wir machen uns frisch und treffen uns danach um halb acht im Café Rialto", übernahm unsere schöne Baronin das Kommando. „Danach besuchen wir Donna Fontei."

„Einverstanden!", stimmte ich dem Vorschlag zu.

„Und ich versuche, Pläne der Unterirdischen Anlagen rund um diese Gegend hier zu bekommen", ergänzte Bruder Marius.

❈ ❈ ❈

Wie vereinbart saß ich um halb acht in der kleinen Bar bei der Rialto-Brücke. Zum Cappuccino hatte ich ein Croissant und einen Martini Rosso bestellt.

„Es gibt nur eines, was ich an dir überhaupt nicht leiden kann", sagte Yvonne zu mir, „deine Vorliebe für Martini."

„Absinth. Das aus dem Wermutstrauch gewonnene Getränk", versuchte ich mit entschuldigendem Gesichtsausdruck zu erklären. „Vampire hassen es und vermutlich hast du ein wenig von diesem Hass vererbt bekommen."

Ich lächelte die schöne Baronin an, die noch immer mit einem dunklen Hosenanzug bekleidet war. Jetzt trug sie dazu allerdings ein schwarzes Top.

„Brechen wir auf?"

„Ja, wir dürfen keine Zeit verlieren!", antwortete ich. „Cameriere, il conto, per favore!"

Wir nahmen ein Vaporetto der Linie 1 und standen etwa zwanzig Minuten später vor dem alten Palazzo, in dem Donna Elisa Fontei logierte. Durch einen unversperrten Seiteneingang gelangten wir in den kleinen Innenhof, von wo aus wir die schmale Wendeltreppe in den ersten Stock hinaufstiegen. Die Tür zu ihren Wohngemächern trafen wir verschlossen an. Ich klopfte.

Ich klopfte nochmals, kräftig an das dunkle Holz hämmernd. Niemand öffnete. Kurz entschlossen holte ich meine Pistole hervor und hielt auf das Türschloss. Mit einem grellen Blitz und einem lauten Knall vergeudete ich ein weiteres wertvolles UV-Projektil, doch die Tür leistete zähen Widerstand. Einem beherzten Tritt meines rechten Fußes hielt sie jetzt aber nicht mehr stand und ging, sich langsam in den Angeln drehend, auf.

Elisa Fontei saß in diesem abgedunkelten Raum, der nur durch das zwischen den Lamellen der Fensterläden schwach eindringende Tageslicht erhellt wurde, mit dem Rücken zu mir in diesem altmodischen Ohrensessel.

Ich war aufgebracht, energiegeladen, unbeherrscht und hielt Elisa meine Pistole an die Schläfe. Ihre Mundwinkel zuckten unmerklich, die schlanken Finger, an denen man am ehesten das wahre Alter Elisas erahnen konnte, zitterten und versuchten unsicher an den Armlehnen Halt zu finden.

„Raus mit der Sprache!", herrschte ich sie mit lauter Stimme, hart an der Schwelle zum Schreien, an. „Wo steckt Marco Maletti und wo hält er meine Partnerin gefangen?"

„Übernehmen Sie sich nicht. Männer wie Sie verzehre ich zum Frühstück."

„Wunderbar! In der Früh stehen die Dinge immer besonders gut", versuchte ich locker zu bleiben, doch meine Bemerkung kam keineswegs locker herüber und schien sie nicht zu amüsieren.

„Unterlassen Sie Ihre widerlichen Scherze, Signore Farlander! Solche Machospielchen hängen mir ohnehin zum Halse heraus!"

„Gut pariert, aber Männer wie ich spielen keine Machospielchen!" In meinem Augenwinkel sah ich die schräg hinter mir stehende Madame Yvonne süffisant lächeln. „Ich warte!" Meine Ungeduld betonend tippte ich mit der rechten Fußspitze rhythmisch auf und ab.

Ungerührt, und ohne aufzuhören den erloschenen Kamin anzustarren, begann sie mit ruhiger und etwas teilnahmsloser Stimme zu erzählen: „Ihre Geliebte ist nicht in Gefahr. Sie dient Marco nur als Köder. Er will Sie, aber die eigentliche Person, auf die er es abgesehen hat, ist diese gewisse Yvonne …"

Yvonne hatte unmittelbar hinter mir den Raum betreten, aber bis jetzt noch kein Wort gesagt. Ob Elisa die Anwesenheit der schönen Vampress bemerkt hatte? Der Lärm meiner energischen Schritte übertönte vermutlich jene meiner Begleiterin, doch Vampire wiederum haben schärfere Sinne als wir Menschen und ich hörte sowieso schlecht.

„Ich kannte Anna Valerius", fuhr sie fort. „Ist Yvonne so wunderschön wie ihre Urgroßmutter?"

„Ja", antwortete ich leise.

„Lassen Sie sich ansehen, mein Kind!" Natürlich hatte diese geheimnisvolle Frau bemerkt, dass ich nicht alleine das dunkle Zimmer betreten hatte. Das langsam rhythmische Klopfen der hohen Absätze von Yvonnes schlanken Stiefeln begleitete ihre knarrenden Schritte auf diesem dunklen Parkettboden, als sie um den Sessel herumging, sich vor Elisa hinstellte – den rechten Fuß leicht angewinkelt, die linke Hand an der Taille abgestützt – und sie freundlich, mit etwas verschmitzt hochgezogener Augenbraue anlächelte.

„Meine Güte … Anna! … Sie sind Ihrer Urgroßmutter wie aus dem Gesicht geschnitten, Yvonne", stammelte Elisa, die zum ersten Mal ein wenig von ihrer Überlegenheit zu verlieren schien.

„Baronin Yvonne von Erkenwald", stellte sich Yvonne vor und reichte der sitzenden Frau die rechte Hand, „freut mich Sie kennenzulernen, Donna Elisa!"

Elisa Fontei stand auf, umarmte die stolze Baronin herzlich und gab ihr einen Kuss auf die Stirn. Schon bei meinem letzten Besuch war es mir nicht entgangen, und es hatte sich inzwischen auch bestätigt, dass Elisa sich zu Frauen besonders hingezogen fühlte.

Auf Fragen von Donna Fontei, was wir eigentlich mit Marco Maletti zu schaffen hätten, erzählte Yvonne, wie sie vor etwa zwanzig Jahren in Hongkong seine Bekanntschaft gemacht hatte und er auf einer Party eine junge Chinesin namens Mai-Thai missbraucht und misshandelt hatte.

„Ich dachte, dass ich vor zwei Jahren diese offene Rechnung begleichen konnte, doch dieser Mistkerl zieht es vor, als Untoter weiter Frauen, ja sogar Mädchen, zu belästigen und zu töten …", schloss die schöne Baronin ihre Ausführungen.

Elisa ging wie schon zuletzt mit verschränkten Armen im Zimmer umher und meinte schließlich: „Ich werde Ihnen helfen. Sie kennen San Zanipolo? Im rechten Querschiff unter dem großen gotischen Glasfenster ist in der rechten Mauer ein auf der Spitze stehendes Dreieck eingemeißelt. An dieser Stelle lässt sich der Stein bewegen und gibt den Zugang in die unterirdischen Katakomben frei. Wir Vampire meiden den Eingang durch die Kirche, besonders seit man dafür Eintritt bezahlen muss, aber für Sie ist es der direkte Weg zu seinem Versteck. Viel Glück!"

„Danke, Madame Elisa!", sagte ich mit sanfter Stimme und erstmals lächelte Donna Fontei mich direkt an.

Begegnung in der Gruft

Der Vampir von Venedig

Endlich hatten wir einen entscheidenden Hinweis erhalten. Doch wir selbst waren, ohne es zu wissen, heute Morgen auch schon recht nahe dran gewesen.

Um neun Uhr trafen wir uns mit Marius vor dem Portal der Kirche San Zanipolo. Der Unterstandslose saß nun vor dem Hauptportal und umklammerte noch immer seine fast leere Weinflasche. Als Yvonne an ihm vorbeiging, fauchte sie ihn an und im Augenwinkel erkannte ich, dass es ein echtes Fauchen mit bleckenden Fangzähnen war. Verschreckt sprang er auf und trabte davon. Diesmal schmunzelte ich.

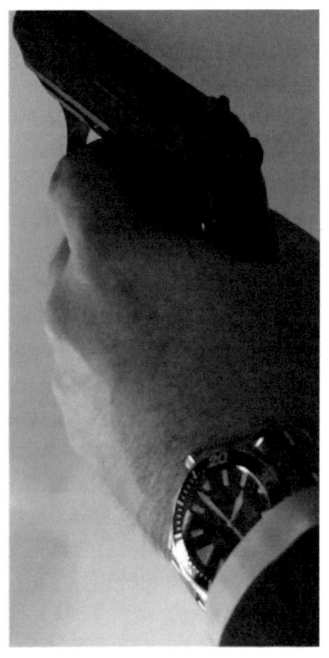

Unsere Schritte hallten in der zur frühen Stunde nahezu menschenleeren Basilika. Das diffuse Tageslicht des bedeckten Himmels erzeugte in diesen hohen Hallen eine düstere Stimmung – als ob *unsere* Stimmung nicht ohnehin düster genug gewesen wäre.

Ohne die kunstvollen Dogengräber oder den feingearbeiteten Hauptaltar zu beachten, begaben wir uns zu der von Elisa beschriebenen Stelle.

„Rechtes Seitenschiff hieß es", dachte ich laut nach.

„Hier ist das große gotische Fenster", ergänzte Marius und zeigte mit der Hand nach oben.

„Und wo ist das Dreieck?"

„Hier!" Yvonnes scharfe Sinne hatten es als erstes entdeckt.

Ungläubig näherte ich mich der Wand. Auf einem Mauerstein prangte tatsächlich ein eingemeißeltes, auf der Spitze stehendes Dreieck, wobei ‚prangte' vielleicht etwas übertrieben war. Das gleichseitige Dreieck war etwa von der Größe einer Kinderhand, unscheinbar, obgleich deutlich sichtbar – wenn man danach Ausschau hielt. Ansonsten dürfte es wohl kaum jemandem auffallen. Mir fiel jedoch noch etwas auf, und zwar ein etwa sieben Zentimeter großes Ankh, welches schräg darunter in den Stein gekratzt war!

„Hier sind wir definitiv richtig", flüsterte ich. „Passt auf, ob jemand kommt!"

„Außer uns ist niemand zu sehen", antwortete Marius.

Zuerst vorsichtig, dann zunehmend kräftiger drückte ich gegen den Stein. Leise hallte das schleifende Geräusch des nachgebenden Steines in der großen Säulenhalle der dreischiffigen Basilika, doch er gab nur einen Fingerbreit nach.

„Was jetzt?", fragte ich ratlos.

Yvonne trat näher und berührte den Stein mit den gespreizten Fingern ihrer rechten Hand, worauf der links stehende Gebetsstuhl mit einem knarrenden Geräusch aufsprang. „Wie ging denn das jetzt?"

„Kraft", lächelte die stolze Baronin.

Meine Petra schwebte in großer Gefahr und so verschwendete ich jetzt keinen Gedanken daran, warum Yvonne mehr Kraft in den Fingern hatte als ich mit meinem ganzen rechten Arm. Hinter uns schloss sich ohne ein Zutun unsererseits der Eingang. Wir standen in völliger Finsternis.

„Hoffentlich hast du jetzt deine High-Tech-Lampe nicht vergessen", ätzte Yvonne.

„Nein, Madame!"

Der plötzlich aufleuchtende Lichtkegel blendete die schöne Baronin, die ihre Hand reflexartig vor die Augen hielt.

Vor uns befand sich eine nach unten in sanftem Rechtsbogen hinabführende Steintreppe. Die Seitenwände und das sich über unseren Köpfen spannende Gewölbe bestanden aus einfachem Ziegelmauerwerk, die Stufen waren glatt aber trocken. Einer Wendeltreppe ähnlich führten sie weiter nach unten und es war merkwürdigerweise weniger feucht und modrig als in den anderen Gängen, die wir bisher hier in Venedig gesehen hatten.

Eine Säulenhalle tat sich nun vor uns auf. Sie musste direkt unter der Krypta gelegen sein, war nicht hoch, doch von gotischen Pfeilern getragen, die in einem flachen Kreuzrippengewölbe ihre Fortsetzung fanden. Links und rechts führten Stufen noch weiter abwärts.

Mit wortlosen Gesten verständigten wir uns, dass Yvonne die linke, Marius und ich die rechte Treppe nehmen wollten, denn es schien, als ob beide unten wieder zusammentreffen würden.

Merkwürdigerweise wurde es heller auf dem Weg weiter nach unten und schließlich standen wir in einem hohen, sehr lang gestreckten Raum, in dessen Mitte ein reich verzierter Steinsarkophag stand. An den mit gotischen Friesen und Halbsäulen strukturierten Wänden brannten Fackeln und am Ende des Raumes, der einer kleinen Apsis glich, stand ein steinerner Thron, auf dem meine Geliebte gefesselt und scheinbar bewusstlos saß.

„Petra!", entkam mir ein entsetzter Schrei und ich lief los.

Als ich den Steinsarg erreichte, trat plötzlich eine Gestalt hervor und stellte sich mir in den Weg.

„Ah, sieh an, der Herr Oberpolizist, der mich schon einmal zugequasselt hat … Sie tauchen mit der Regelmäßigkeit einer ungeliebten Jahreszeit auf, Signore Farlando", höhnte Maletti.

„Sie auch!", bellte ich zurück und versuchte ihn mit meinem linken Arm zur Seite zu schieben. „Aus dem Weg!"

„Nicht so eilig!", sagte er mit nahezu sanfter Stimme und presste mir eine Pistole in den Bauch.

„Es tut mir furchtbar leid, dass ich Sie hier mit so profanen Mitteln in Schach halten muss, doch ich denke, das ist eine Sprache, die Sie sicher verstehen werden."

„Quatschen Sie hier keine Opern, Maletti! Ihre Tage sind gezählt!", versuchte ich einen energischen Ton anzuschlagen, doch ich hatte Angst, mein Herz klopfte wild und meine silberne Walther P99 steckte im Augenblick unerreichbar im Gürtelholster unter meinem Sakko.

„Wie gefällt Ihnen mein neues Zuhause, Signore Farlando? Ah, Sie haben noch einen Gast mitgebracht!"

Er tat so, als ob er erst jetzt den wie versteinert dastehenden Marius entdeckt hätte. Maletti war nicht nur ein Vampir, er kleidete sich auch so wie man sich einen eleganten Blutsauger gemeinhin vorstellte: zum Smoking trug er einen schwarzen Umhang, anstatt der Fliege zierte ein goldenes Ankh den Kragen seines weißen Stehkragen-Hemdes.

„Sie sollten ein paar Blumen hier aufstellen."

„An Ihnen ist ein Komiker verloren gegangen, Signore Farlando. Doch genug der schönen Worte. Sie haben sicher Ihre tolle glänzende Pistole bei sich. Wenn Sie die Güte hätten sie ganz, ganz langsam und vorsichtig hier oben auf das Grabmal zu legen."

„Ich weiß nicht, wovon Sie sprechen, Maletti. Oder darf ich schon Graf Dracula zu Ihnen sagen?", antwortete ich im Versuch, Zeit zu gewinnen und deutete mit meinem Kopf auf das prunkvolle Steingrab. „Ist das Ihr Bett?"

„Sie widerlicher Ignorant!", brülle er mich unvermutet an, sodass nicht nur ich zusammenzuckte. „Ihre billigen Scherze werden Ihnen schon noch vergehen!"

Er stieß mir den Lauf seiner Pistole brutal in die Magengrube, wodurch ich unsanft zu Boden ging. Dann griff er unter mein Sakko, holte meine Pistole hervor und knallte sie auf den steinernen Sargdeckel.

„Vorsicht, Maletti, das ist ein wertvolles Stück!"

„Maul halten, Farlando!"

Um seinen Worten Nachdruck zu verleihen, trat er mir in die Seite, was ich wiederum mit einem gequälten Aufschrei beantwortete.

„Nohan!", vernahm ich plötzlich das weinerliche Rufen meiner gefesselten Geliebten.

„Petr…aahh…", wollte ich antworten, doch neuerlich traf mich Malettis Tritt.

Mit energischem Griff riss er mich an meiner Krawatte hoch und mit kraftvoller Wucht schleuderte er mich gegen den Sarkophag, was mir neuerlich den Atem raubte. Schlaff lehnte ich keuchend an diesem steinernen Grab – eigentlich war diese Halle ein einziges Grab –, wobei ich hoffte und betete, dass es nicht unser Grab werden möge.

Maletti umfasste mit festem Griff meinen Hals, trat mit rötlich glimmenden Augen an mich heran und feixte: „Ich mach' euch alle kalt, doch zu allererst werde ich diese aufgetakelte Vampirnutte Yvonne erledigen."

Die spitzen Zähne blitzten aus seinem geöffneten Mund hervor, doch ich spürte, dass er zu schwach war, es mit der Aura aufzunehmen, die mich unsichtbar schützte.

„Sie werd…", doch weiter kam ich nicht, weil mir Maletti mit der verkehrten Hand ins Gesicht schlug, und zwar so heftig, dass ich für ein paar Sekunden die sprichwörtlichen Sternchen tanzen sah.

„Kann dieser Kapuzineraffe auch sprechen?", fragte er höhnisch und zielte mit seiner Waffe auf Marius. „Herkommen! Bist du bewaffnet?"

„No, Signore."

„Parli italiano, perfetto!", grinste Marco.

Petra und ich sahen uns wortlos flehend in die Augen. Sie versuchte schon die ganze Zeit vergebens sich aus ihrer Fesselung zu befreien. Maletti fuchtelte mit der Pistole vor der Nase unseres kleinen Mönches und sprach auf Italienisch mit ihm.

„Was bezwecken Sie eigentlich …", presste ich aus mir heraus, „… mit dieser Vampirnummer?"

Er lachte mir hämisch ins Gesicht: „Keine Idee, Farlando? – Ich werde es Ihnen sagen: ewiges Leben!"

Seine Hand vollführte eine drehende Bewegung nach oben, dann berührte sie das Ankh an seinem Stehkragen.

„Das Symbol kennen Sie ja, oder? Mir wurde schlagartig bewusst, welche Chance ich hatte, als diese alte Lesbe Fontei mich biss: die Chance so zu werden wie sie, unverwundbar und unsterblich!"

Dieser Kleinkriminelle Marco Maletti, denn mehr war er ja auch zu Lebzeiten trotz seiner Machenschaften im Drogenhandel und als Handlanger der Kunstmafia nie wirklich gewesen, entpuppte sich als brandgefährlich. Nicht weil er Vampir war, sondern aufgrund seiner Überheblichkeit und Unberechenbarkeit.

„Ob Sie sich da nur nicht täuschen", erwiderte ich, denn mir wurde plötzlich klar, dass wir einen ihm unbekannten Vorteil hatten, doch der lag für mich vorerst unerreichbar oben am Steinsarkophag …

„Marco Maletti!", hallte plötzlich eine kräftig dominante Frauenstimme durch dieses steinerne Gewölbe, deren Tonfall mir nur allzu gut bekannt war. „Sie besonders zweckloses Ödem! Können Sie eigentlich nicht wie jeder andere Mensch einfach ins Gras beißen?"

„Er sieht ohnehin etwas verbissen aus!", fügte ich noch launisch und sichtlich erleichtert über das unvermutete Auftauchen unserer schönen Freundin hinzu.

„Ich bin gekommen, um zu bleiben, und gehe nicht mehr weg!" Yvonnes schwarz geschminkte Augen funkelten diabolisch bei diesen Worten. „Zumindest solange nicht, bis ich dich mieses Dreckschwein erledigt habe."

„Uh, da habe ich ja richtig Angst!", äffte Maletti, der in der rechten Hand noch immer seine Pistole hielt.

Die beiden standen nun einander gegenüber. Yvonne überragte den widerlichen italienischen Vampir um fast einen Kopf, nicht zuletzt auch aufgrund ihrer hochhackigen schwarzen Stiefel, die perfekt zum schwarzen Hosenanzug und ihren dichten dunklen Haaren passten. In ihrer rechten Hand blitzte eine chrom-glänzende Pistole auf, die ich als meine Walther P99 mit der speziellen, ultravioletten Munition erkannte. Sie musste sie in einem unbeobachteten Moment an sich genommen haben.

Wie Ringer, die noch nicht wissen, wie sie den ersten Griff platzieren sollten, drehten sich die beiden umeinander im Kreis, immer den Gegner im Auge behaltend. Die Augen der Baronin hatten wieder den rötlichen Schimmer, der zumeist im Zorn bei ihr erkennbar war. Die schlanken Absätze ihrer Schuhe erzeugten in langen Abständen auf dem Steinboden helles Klopfen, welches in den Gewölben leise widerhallte.

„Du siehst noch immer wie eine billige Nutte aus", versuchte er unsere schöne Freundin zu beleidigen.

„Überleg dir deine nächste geistreiche Bemerkung, Maletti! Es könnte deine Letzte gewesen sein", ließ sich Yvonne nicht provozieren, „deine Stunden sind gezählt, Maletti. Du kannst mich nicht beißen oder töten und das weißt du! Du weißt auch, dass *ich* dich sehr wohl jetzt erledigen kann und es auch tun werde."

Ihr Tonfall klang ruhig und einschmeichelnd, aber mit einem beängstigend bedrohlichen Unterton, der selbst mir die Gänsehaut über den Rücken laufen ließ.

Ohne Vorwarnung stürzte sich Maletti auf Yvonne, die seine Attacke abwehren konnte, jedoch fiel ihr die Waffe aus der Hand. Blitzschnell versuchte ich die Situation zu nützen und hechtete auf die silberne Walther zu. Maletti stürzte sich auf mich, prügelte wie wild auf meinen Körper ein. Er versuchte mich zu beißen, Petra schrie verzweifelt.

Marius nützte den Tumult, um Petra zu befreien, ein Schuss fiel und Marius ging zu Boden, doch bevor Maletti noch einmal abdrücken konnte, traf seinen Arm ein kräftiger Schlag von Yvonnes athletischem Bein.

Petra hatte sich durch Marius' Hilfe endlich befreien können und sich über den am Boden liegenden Mönch gebeugt. Der Vampir von Venedig trug nun die Maske der Finsternis im Gesicht. Mit wutverzerrtem Gesicht schlug er um sich und stürzte sich mit gefletschten Zähnen auf Yvonne.

„Yvonne, pass auf!", rief ich, doch zu spät. Maletti saß schon auf ihr, um den tödlichen Biss zu setzen. Mit gestreckten Armen versuchte sie, ihn von sich wegzupressen, doch er war nun stark, sehr stark. Verzweifelt sah ich mich nach meiner Pistole um.

Da, da war sie, und Malettis Gesicht nur mehr wenige Zentimeter von Yvonnes Hals entfernt! Er zerriss unter dem schwarzen Umhang sein weißes Hemd und schnitt sich scheinbar ohne Hilfe irgendeines Gegenstandes die Brust auf.

Es blieb mir keine Zeit mehr nachzudenken oder genau zu zielen, sondern nur mehr abzudrücken. Der Schuss knallte, begleitet von einem violetten Blitz. Maletti schrie auf, eine Sekunde später stand ich neben ihm und trat ihn zu Boden, zielte direkt auf seine Brust. Ein Schlag seines Beines traf meinen Arm, ein schmerzender Stich durchfuhr meine rechte Körperhälfte und die Waffe fiel mir aus der Hand. Mit seinem anderen Fuß stieß er gegen meine Beine, ich verlor das Gleichgewicht und stürzte. Bevor sich Maletti auf mich werfen konnte, wurde er von Yvonne attackiert, die nun ihrerseits versuchte, ihn zu beißen.

„Yvonne, das hilft nicht!", schrie ich, drehte mich auf den Bauch und ergriff meine Pistole. Ein weiterer Schuss daraus traf den Vampir. Maletti torkelte rückwärts und stolperte über meine noch immer bei Marius kauernde Petra. Maletti fing sich und fiel schlaff in den steinernen Thron. Mit in meiner ausgestreckten linken Hand auf ihn gerichteter Waffe trat ich vor Maletti hin, zielte auf seine Brust, sein Herz, und drückte nochmals ab. Yvonne nahm mir die Walther aus der Hand und schoss abermals, Malettis Körper zuckte, der sterbende Vampir blickte mit hassverzerrter Fratze Yvonne in die Augen. Ungerührt schoss Yvonne zwei weitere Male, bis er regungslos mit auf die Brust gesunkenem Kopf dasaß. Die Schusswunden in seinem Körper leuchteten mit violettem Schimmer, das herausquellende Blut schien fast schwarz zu sein. Unsere Ohren schmerzten von den lauten Schüssen und deren Widerhall.

Wir standen im Halbkreis um ihn herum, auch Marius, der sich inzwischen aufgerappelt hatte und sich bei meiner Petra abstützte. Mein rechter Arm hing schlaff herab und schmerzte.

„Wir müssen ihn enthaupten", lallte Marius noch sichtlich geschwächt und mit schmerzverzerrtem Gesicht.

„Nicht schon wieder!" Missmutig verzog ich mein Gesicht.

„Das wird hier auch nicht nötig sein!"

Verschreckt drehte ich mich um. Von der rechts herabführenden Treppe tauchte die kleine Gestalt des Dottore Luigi Bufoni auf, dahinter Annabella Rascale und Commissario Tonelli, gefolgt von ein paar uniformierten Polizisten.

„Das Beste haben Sie soeben versäumt", begann ich schon wieder zu scherzen. „Sie hätten ein paar Minuten früher auftauchen sollen!"

„Sie werden Dottore Damiano Deodorante gegenüber ganz schönen Erklärungsbedarf haben", erklärte Annabella, die im Angesicht des toten Vampirs ihr säuerlichstes Zitronengesicht aufgesetzt hatte.

„Glaube ich nicht", erwiderte ich.

„Und warum nicht?"

„Weil dieser Vorfall nie stattgefunden hat!", lautete meine Antwort.

Ich nahm der Baronin meine Waffe aus der Hand, steckte sie weg, nahm meine Petra in den Arm und ging langsam zur Treppe. Yvonne folgte und stützte den zum Glück nicht wirklich schwer verletzten Bruder Marius.

Die junge Polizeijuristin rang nach Worten und schien jeden Moment zu zerplatzen, doch Tonelli schmunzelte nur und nickte zustimmend mit dem Kopf.

Abschiede

Der Kellner stellte die drei kleinen Kaffeeschalen mit duftig aromatischem Cappuccino auf den runden, klapprigen Tisch der kleinen Cafébar im Flughafen Marco Polo, der sich in keiner Weise von anderen europäischen Flughäfen unterschied. Lange schon zurück lagen jene Zeiten, wo man auf Besucherterrassen sich noch winkend von den Abreisenden verabschieden konnte. So saßen wir eben in der Halle und warteten  auf den Aufruf des Fluges, mit dem Yvonne die Heimreise antrat.

„Ein Mal mehr muss ich mich bei dir für deine Hilfe bedanken, Yvonne", sagte ich zu meinem auch heute wieder äußerst attraktiven Gegenüber.

„Keine falsche Sentimentalität, Nohan", erwiderte die Baronin, „diese Rechnung hatte ich zu begleichen und konnte es nicht alleine dir überlassen. Maletti war in meinen Augen ein skrupelloser Verbrecher und es hat sich ja gezeigt, dass er aus den gleichen niederen Beweggründen ein Leben als Vampir gewählt hatte. Doch genauso wenig bedachte er, dass es eben auch Leute gibt, die Jagd auf Vampire machen. Dass du zu jenen gehörst, die nicht wahllos töten, hast du ja gegenüber Donna Elisa bewiesen."

„Elisa ist aber auch nicht von Grund auf böse", ergänzte Petra.

„Stimmt", antwortete ich leise, „das ist sie nicht. Im Gegenteil, Elisa ist mir sehr sympathisch. Schade, dass sie lesbisch ist …"

Schließlich wurden die Passagiere des Fluges OS 522 nach Wien zum Boarding aufgerufen. Madame Yvonne nahm ihr Bordcase, schnappe ihre Handtasche und verabschiedete sich zuerst von Petra. Dann reichte sie mir die Hand, kam ganz nahe an mein Ohr heran und hauchte mit dunkler Stimme: „Ruf mich an!"

„Natürlich ruf ich dich an – wenn wir wieder zu Hause sind. Guten Flug Yvonne!", antwortete ich und küsste sie zärtlich auf die Wange. Daraufhin umarmte ich meine Petra an der Taille und gemeinsam schlenderten wir zwei in Richtung Ausgang.

❖❖❖

Zu Mittag fanden wir uns gemeinsam mit Bruder Marius im Büro der Polizeijuristin Annabella Rascale ein, auch der Commissario und Dottore Bufoni waren anwesend.

„Erwarten wir auch noch Dottore Deodorante?", fragte ich, nachdem wir uns alle begrüßt hatten.

„Vermissen Sie ihn?", stellte Annabella die Gegenfrage in einer schnippischen Art, wie ich es ansonsten von meiner Petra gewohnt war.

„Nein", antwortete ich kurz angebunden, was allen Anwesenden ein leichtes Lächeln um die Mundwinkel zauberte.

„Sie sind also der Meinung", wurde Annabella schnell wieder dienstlich, „dass dieser Vorfall nie stattgefunden hat?"

„Welcher Vorfall?", entgegnete ich ein klein wenig provokant.

„Va bene, Signore Farlando. Auch der Bürgermeister konnte Deodorante überzeugen, dass es in Venedig keine Vampire gibt und auch nie gegeben hat. Apropos Vampire, Donna Elisa lässt Sie herzlichst grüßen!"

„Danke, Annabella. Richten Sie bitte auch unsere Grüße aus. Nachdem wir das Offizielle nun erledigt haben: Gibt es sonst noch etwas Neues?"

Annabella blickte säuerlich, aber Bufoni wusste sofort, was ich meinte: „Malettis Leichnam wurde forensisch behandelt und auf San Michele eingeäschert, ebenso wie Carla Pezzoni."

„Die Angelegenheit dürfte somit erledigt sein", ergänzte Marius, der seinen rechten Arm in einer Schlinge trug.

Mein Arm schmerzte auch noch ein bisschen, doch das war nicht weiter schlimm.

Eine Frage, die mich ferner brennend interessierte, war, warum die drei so plötzlich und ohne Vorankündigung in der Gruft unter San Zanipolo aufgetaucht waren. Tonelli informierte mich von seiner Abmachung mit Signorina Rascale uns unauffällig observieren zu lassen. Bloß Petras Entführung habe nicht verhindert werden können, weil in dieser Nacht ein unerfahrener Carabinieri Dienst gehabt habe, der im entscheidenden Moment nicht gewusst habe, was er tun sollte. Uns war das aber nun egal, denn schließlich war dieses Abenteuer doch wieder gut ausgegangen.

„Somit geht unser Aufenthalt hier in Bella Venezia dem Ende zu", resümierte ich. *„Ciao, ciao bambina, un bacio ancora!"*, kamen mir plötzlich die Worte des italienischen Gassenhauers von Domenico Modugno in den Sinn, worauf ich zu Annabella ging, ihr einen sanften Kuss auf die Wange gab und leise sagte: „Ciao, ciao bambina, un bacio ancora!"

Zu meiner Überraschung lächelte Annabella sehr, sehr freundlich und antwortete: „Auf Wiedersehen, Signore Farlander. Es hat mich sehr gefreut, Ihre Bekanntschaft zu machen. – Wirklich!"

Das ‚wirklich' dürfte sie nachgesetzt haben, weil ich ein ungläubiges Gesicht machte. Nun ging Petra auf sie zu und verabschiedete sich ihrerseits mit zwei gehauchten Wangenküsschen von der temperamentvollen Venezianerin.

„Machen Sie's gut, Farlander!", brummte Tonelli und schüttelte mir kraftvoll die Hand. „Bleiben Sie unserer schönen Stadt gewogen."

Mit zusammengepressten Lippen nickte ich zustimmend, dann gab ich Bufoni die Hand, der ebenfalls von dieser sentimentalen Stimmung in diesem Moment ergriffen schien.

Mit einem kurzen Winken verließen wir schließlich zum letzten Mal dieses Büro in der Dependance der Questura von Venedig.

✼ ✼ ✼

Wir verbrachten noch ein paar geruhsame Tage hier, die wir dazu nutzten, die eine oder andere Sehenswürdigkeit dieser zauberhaften Stadt noch genauer unter die Lupe zu nehmen. Doch auch die schönste Zeit geht einmal zu Ende.

Auf einer der kleinen Bogenbrücken blieben Petra und ich stehen und sahen dem sanften Schaukeln der Wellen in diesem schmalen Rio zu. Das im Grunde türkisblaue Wasser schillerte in verschiedenen Farben, die denen der links und rechts stehenden Häuser entsprachen, etwas Ziegelrot und Braun, Weiß von an den Fenstern hängender Wäsche und ein bisschen zartes Grün eines weiter hinten stehenden Baumes, einem der wenigen, die hier in der Stadt zu finden waren.

Es war Frühling in Venedig! Das wurde mir erst jetzt bewusst, nachdem die Ungewissheit, die uns in den vergangenen Wochen begleitet hatte, verflogen war. Die Luft begann schwer zu werden, wie man es vom Sommer her kannte, besonders jetzt am Nachmittag.

Im Stadtteil *San Polo*, der sich am Westufer des Canal Grande zwischen dem *Fondamenta Santa Lucia* und dem gegenüberliegenden Stadtteil *San Marco* befand, gab es einige sehr romantische Plätze, wo wir schließlich ein gepflegtes Lokal für unser Abendessen fanden. Die Luft des frühen

Abends war lau, der Gastgarten wurde von einem dunklen Holzzaun umgeben, der die schweren, aus gleichem Holz gefertigten und elegant gedeckten Tische zum offenen Platz hin abgrenzte. Über unseren Köpfen spannte sich eine dunkelgrüne Markise, das freundliche Serviermädchen brachte soeben den Wein und das Mineralwasser.

„Das letzte Abendmahl, sozusagen", scherzte Marius, dem es nun auch schon wieder gut ging, obwohl sein Arm noch immer verbunden war.

„Sie haben uns sehr geholfen, Marius", versuchte ich mich bei ihm zu bedanken, „vor fast einem Jahr in Rumänien und jetzt hier in Venedig. Vielen Dank!"

Ich prostete ihm mit meinem Glas friulanischen *Pinot Nero* zu.

„Ich bin nur ein einfacher Arbeiter im Garten unseres Herrn", entgegnete der rothaarige Mönch bescheiden.

„Ich bewundere Ihren Glauben, Ihre Bereitschaft, den Weg der Kirche zu gehen", ergänzte Petra.

„Wir in Valcrui sind im Grunde weit weg von der Amtskirche. Man ist einsam und hat viel Zeit über alles nachzudenken. Nehmen Sie zum Beispiel die Zehn Gebote! Völlig überflüssig, würden die Menschen einander mit ein wenig Respekt begegnen: Keiner stiehlt, niemand mordet und ein wenig Unkeuschheit ist schon in Ordnung …"

„Danke, für Ihre freizügigen Worte, Bruder Marius", antwortete ich.

„Für meine Gesinnung würden mich so manche in der katholischen Kirche liebend gerne ans Kreuz nageln", sinnierte unser quirliger rumänischer Mönch, „aber glauben Sie mir, Herr Farlander, unsere wahren Probleme liegen ganz woanders!" Nach ein paar Sekunden fuhr er nachdenklich fort: „Es gibt Augenblicke, in denen wir zu akzeptieren haben, was mit uns geschieht. Aber es gibt auch Situationen, in denen wir kämpfen müssen. Dieses Mal haben wir gekämpft und gewonnen."

❊❊❊

Stazione Santa Lucia ist einer der typischen italienischen Bahnhöfe, mit hektischem Trubel, unverständlichen betrieblichen Durchsagen, eben allem, was das bunte Treiben auf einem Bahnhof ausmacht.

„Mein Zug fährt um 21:04 Uhr", meinte Marius, „über Budapest und Arad. In Sibiu werde ich abgeholt."

„Ganz schön breiter Weg", merkte Petra humorvoll an.

„Ein bisschen mehr als 23 Stunden. Nicht so schlimm, wenn man gerne mit dem Zug fährt", entgegnete unser rumänischer Freund und ich konnte nur zustimmend nicken, da ich selbst gerne mit dem Zug fuhr.

Meine *Omega Seamaster* zeigte nun kurz nach halb neun Uhr. Unsere Koffer lehnten an einer Säule am Bahnsteig Eins, von wo aus unser Zug um 20:44 Uhr Richtung Wien abfahren sollte.

Zuvor hatten wir unsere Zelte im Albergo Santa Lucia abgebrochen. Die ältere, matronenhafte Frau hatte sich mit einem süßlichen „arrivederci" verabschiedet, um uns danach ein verträumtes „bellissima coppia di amanti" nachzuwerfen.

Coppia di amanti – Liebespaar: Ja, Petra und ich waren ein Liebespaar, denn ich liebte diese zarte Frau, die sowohl elegant, als auch burschikos leger sein konnte. Sie trug jetzt eine schwarze enge Hose, mit einem weißen T-Shirt und darüber ihr schwarzes Lederblouson und schlichte, hochhackige Schuhen. Ich hatte meinen neuen hellen Anzug an, dazu ein rosa Hemd mit passender Krawatte.

„Arrivederci!", hatte auch ich mich verabschiedet, dann hatten wir unsere Koffer auf der *Rio terrà Lista di Spagna* in Richtung Bahnhof geschleppt.

„Treno Euronight duecentotrentanove ,Allegro Don Giovanni' dalla Venezia alla Vienna via Tarvisio in partenze di binario uno!", ertönte die Stimme der italienischen Zugansagerin, die uns daran erinnerte, nun endgültig von Marius Abschied zu nehmen und unser Schlafwagenabteil aufzusuchen.

„Leben Sie wohl, Marius!"

„Leben Sie wohl, Herr Farlander und Frau Stein! Wir sehen uns, versprochen!", erwiderte Marius.

„Versprochen!", antwortete Petra.
Mit leichtem Ruck setzte sich unser Zug in Bewegung. Petra und ich standen am gangseitigen Fenster und winkten dem zurückbleibenden kleinen Mönch.

Wortlos standen wir noch am Fenster, als unser Zug langsam über die große Eisenbahn- und Straßenbrücke in Richtung Festland fuhr. Die Lichter Venedigs glitzerten im schwarzen Wasser der Lagune und schienen ebenfalls Lebewohl zu sagen.
Ich umarmte Petra, sah ihr in die Augen und küsste sie.

„Die einzige Form
einer Versuchung
zu widerstehen,
ist ihr nachzugeben!"

(Oskar Wilde)

nohan.farlander

„Mein Name ist Farlander, Nohan Farlander. Woher mein etwas ungewöhnlicher Vorname stammt, hatten mir meine Eltern nie erzählt …"

So beginnen im zweiten Teil seines ersten Buches die Abenteuer.

Nohan Farlander, Name des Hauptdarstellers und Pseudonym des Autors. Im wirklichen Leben wurde er 1959 in Wien geboren und wohnt seit nunmehr 23 Jahren im niederösterreichischen Maria Enzersdorf. Drei Jahre nachdem er maturierte und seine Laufbahn bei den Österreichischen Bundesbahnen antrat, lernte er 1981 seine Frau kennen, die er ein Jahr später heiratete.

1989 begann die eigentliche Familiengründung mit der Geburt ihrer Tochter, ihr Sohn kam 1990 auf die Welt. Anfang der Neunzigerjahre hatte er nach dem Aufstieg zum Dienststellenvorstand mit beruflichen und familiären Turbulenzen zu kämpfen. Gegen Ende des Jahrtausends stürzte er in die berüchtigte Midlife-Crisis die sich nach dem Millennium zur Mitleids-Crisis wandelte, bis er Anfang 2003, nach dem Motto: „Schlecht ist es ja schon, es kann nur besser werden!", seine positiven Energien aktivieren konnte und auch seine literarische Ader entdeckte, die nun in der Veröffentlichung seines sechsten Buches „Maske der Finsternis" gipfelte.

Der 9töter

Richard E. Hoorn

Im größten Heidemoor Englands, im North York Moors National Park, sterben Menschen auf grausame Art und Weise: Der Mörder lähmt und pfählt sie. Zuerst stirbt eine junge Biologin, dann werden drei Männer getötet. Es gibt keine Spuren, keine Hinweise. Nur die Federn eines seltenen Vogels an den Tatorten. Detective Chief Inspector John Andrews und sein Team sind ratlos. Erst als eine Lehrerin aus Boston in Lincolnshire von den Morden hört und sich an einen ehemaligen Schüler erinnert, der Vögel abgöttisch liebte und sie beschützte, kommt Bewegung in die Ermittlungen. Könnte Birdie von damals der Mörder von heute sein? Plant er weitere Morde? Warum? Was ist seine Botschaft? Wo versteckt er sich in dem riesigen Gebiet? Wer wird sein nächstes Opfer? Denn Birdies Mission ist noch nicht zu Ende …

ISBN 978-3-85022-164-1 · Format 13,5 x 21,5 cm · 360 Seiten
€ (A) 18,90 · € (D) 18,40 · sFr 33,40

The Butcher
Im Zeichen des Schlächters
Manuel Maly

Auf der Insel Unibibone, die eigentlich als eine Insel der Harmonie gepriesen wird, passiert ein furchtbar grauenhafter Mord. Der Täter hat sein Opfer regelrecht geschlachtet und die Leiche bis zur Unkenntlichkeit verstümmelt. Der junge Kommissar Braimwood Falconary wird sofort zum Tatort gerufen, um diesen Mord aufzuklären. Es ist sein erster Fall und seine Kollegin Debra steht ihm dabei zur Seite.
Im Zuge ihrer Ermittlungen geraten die beiden selbst immer tiefer in diese mysteriöse Geschichte, die ein ungeheures Maß an Grauen in sich birgt. Ein Mord folgt dem anderen und die brutale Vorgehensweise des Mörders ist ohne Gleichen. Kommissar Falconary und Debra kommen dem Mörder langsam auf die Spur, …

ISBN 978-3-85022-131-3 · Format 13,5 x 21,5 cm · 286 Seiten
€ (A) 18,90 · € (D) 18,40 · sFr 33,40

Der Kern des Bösen
Tiberius Maczek

Eine Mordserie erschüttert die Stadt Temeschburg im Westen Rumäniens. Kommissar Crisan und Inspektor Ponta übernehmen den ungewöhnlichen Fall. Das Besondere daran ist, die unheimlichen Morde verlaufen nach dem Gesetz einer berühmten Zahlenreihe, die der italienische Mathematiker Fibonacci im 11. Jh. beschrieb und die von Johannes Keppler als „Die Vollkommenheit" bezeichnet wurde. Vollkommen ist auch die Vorgehensweise des Täters, gegenüber der die Kriminalbeamten machtlos sind. Doch dann begeht er einen Fehler, und Crisan und Co. fordern ihn heraus. Das führt zu Ereignissen, die die Vorstellungskraft jedes Menschen übertreffen und das Leben aller Beteiligen in große Gefahr bringt.

ISBN 978-3-902536-75-4 · Format 13,5 x 21,5 cm · 494 Seiten
€ (A) 23,90 · € (D) 23,20 · sFr 41,90